ЧАСТЬ ПЕРВАЯ

ВАЛЕРИЙ БОЧКОВ

БАБЬЕ ЛЕТО

и другие истории,
почти не связанные
между собой

2025

«Утром 29 августа, во вторник, Олег Лутц проснулся женщиной. Он потянулся за телефоном, чтобы посмотреть, который час. Рука показалась ему слишком смуглой, что-то не так было с пальцами. И особенно с ногтями. Экран мобильника высветил время: шесть ноль шесть».

«Страх безжалостно делит всех на волков и овец. Страх запросто может превратить волка в овцу. Превращение из овцы в волка — явление крайне редкое и может классифицироваться как чудо».

Bibliografische Information der Deutschen Nationalbibliothek:
Die Deutsche Nationalbibliothek verzeichnet diese Publikation in der Deutschen Nationalbibliografie; detaillierte bibliografische Daten sind im Internet über http://dnb.dnb.de abrufbar.

Satz: ORDEN COMPANY LTD
Druck und Verarbeitung: Libri Plureos GmbH, Hamburg

Printed in Germany

ISBN 978-3-68959-976-8

БАБЬЕ ЛЕТО

Хроника конца света
в одном городе

ПРОЛОГ

Утром 29 августа, во вторник, Олег Лутц проснулся женщиной. Он потянулся за телефоном, чтобы посмотреть, который час. Рука показалась ему слишком смуглой, что-то не так было с пальцами. И особенно с ногтями. Экран мобильника высветил время: шесть ноль шесть.

1

Лутц ещё не выбрался из полудрёмы, сознание ещё путалось в обрывках сновидения, но смутные детали таяли и ускользали — низкое серое небо, колючее пальто на голое тело, некто грубый и требовательный, от которого Лутц пытался отвязаться — всё быстро исчезало, оставляя лишь послевкусие чего-то стыдного и неуютного.

Шесть ноль восемь.

Рука, сжимавшая телефон, была определённо чужой. Слишком тонкие пальцы, слишком длинные ногти. Кисть руки будто съёжилась, она уменьшилась чуть ли не вдвое.

— Что за... — Лутц вытащил из-под простыни другую руку.

Опасливо покосился. Левая рука выглядела так же, как и правая — слишком маленькая и совершенно чужая. Предчувствие чего-то жуткого и непоправимого, как тогда, на Кипре, незаметно вползло в него: тогда ему позвонили и сообщили про мать, а они с Катькой зафрахтовали катамаран — белый и нарядный, с острым треугольным парусом цвета невозможного ультрамарина — зафрахтовали на весь день, включая закат. Собственно, закат и был целью. Капитан-грек, чёрный как жук, не скрываясь пялился на Катьку, а та томно выставляла себя напоказ — лениво безразличная в зеркальных очках и пёстрых лоскутиках кукольного купальника. После полудня и второй бутылки шампанского лоскутики были сняты, солнце встало в зенит, выбелив небо и превратив море в неподвижную стальную пустыню. Капитан протянул Лутцу рацию, от трубки воняло одеколоном и Лутц старался не прижимать мембрану к уху.

Молча дослушал — на том конце нажали отбой — вернул рацию греку.

Море посерело, стало пыльным. Солнце превратилось в белую раскалённую дыру. Не ответив на вопрос Катьки и почти не касаясь пятками палубы, Лутц прокрался на корму и там затаился. Ему казалось, что так можно будет что-то исправить. Главное — не подавать виду.

В шесть десять Лутц собрался с духом и включил камеру. На экране мобильника появился серый угол потолка и кусок обоев. Когда он развернул объектив, на него смотрело чужое лицо.

Главное — не подавать виду. Бережно опустив мобильник экраном вниз на простыню, Лутц осторожно выбрался из кровати. Ему почему-то казалось, что тщательная выверенность движений, а главное, неторопливость, могут исправить происходящее. Главное — не паниковать. Никаких истерик, никаких криков. Главное — не подавать виду.

Как только ты бросился в бегство, ты превратился в жертву. Именно в этот миг. От тебя уже воняет страхом, каждый хищник на расстоянии полёта стрелы чует твой запах и пускает слюну: дичь! Но не хищники превратили тебя в дичь — ты сам решил стать жертвой.

У отца были сухие ладони, ладные и крепкие как дубовые доски, на которых мясники разделывают мясо. Отец ни разу не ударил его кулаком. Лутц никогда не кричал, знал, что кричать нельзя. Потом отец поднимал его с пола, доставал походную аптечку, вытирал кровавые сопли, ватным тампоном дезинфицировал ссадины. Перекись водорода жгла, но Лутц только морщился — молча. Лишь однажды он тихо спросил: зачем?

— По-другому ты не понимаешь, — так же тихо ответил отец.

Ещё отец говорил, что любовь — это открытая рана. Это боль, ревность и страх потери. Тяжкая пытка, а вовсе не ласки и нежный шёпот. Но прежде всего — страх. Именно он является сутью жизни.

Страх безжалостно делит всех на волков и овец. Страх запросто может превратить волка в овцу. Превращение из овцы в волка — явление крайне редкое и может классифицироваться как чудо.

2

Зеркало в ванной осталось от Катьки, пожалуй, единственное, что она не смогла вывезти после развода. Огромное, в пол стены, оно было намертво вмуровано в кафель. В зеркале отражалось окно с неубедительным рассветом мышиного цвета. Окно в ванной комнате всегда казалось Лутцу разумной архитектурной пикантностью: в детстве, забравшись на подоконник, он учился курить взатяжку, затягивался и выпускал дым в форточку. Отсюда было удобно наблюдать за весёлыми ткачихами — во дворе стоял кирпичный барак общаги фабрики; занавески девицы не задёргивали, и вся интимная сторона женского бытия разыгрывалась сразу на нескольких миниатюрных сценах, увы, в форме пантомимы.

С унитаза открывался вид на маковки Варвариного монастыря — в час заката кресты так и вспыхивали раскалённой ртутью. Если ты лежал в ванне, то церковных куполов видно уже не было, но зато открывался вид на небо. Пустое и бездонное, или с невинными облаками, или с мохнатыми тучами, но чаще всё-таки синеватых тонов: в юности так просто было подрисовать к такому небу какой-нибудь неведомый Париж или сказочную Барселону, а, может, даже почти невозможный Сантьяго. Или архипелаг тропических островов с кокосовыми пальмами, гавайскими напевами пополам с прибойной волной и резвыми чайками. Чайки в окне, увы, не появлялись. Изредка там мелькали вороны. Они жили в старых монастырских липах и вечерами мрачной стаей кружили над Девичьим кладбищем.

Привычная знакомость ванной немного успокоила Лутца. Грязноватый кафель, голубоватые потёки зубной пасты на раковине, дырка в плитке, где когда-то висел крючок. От дырки расходилась трещина в виде буквы Ж.

Страх контролирует тебя или ты контролируешь страх. Лутц сжал кулаки, его мутило, как перед дракой. Он шумно вдохнул, сделал шаг и повернулся к зеркалу.

3

Когда позвонили в дверь, Лутц всё ещё сидел на полу ванной комнаты. Он вздрогнул и замер. Позвонили ещё раз. Звонок был по-хамски долгий. Так звонят менты и водопроводчики. Лутц на ходу натянул махровый халат, на цыпочках подошёл к двери. Звонок прогремел снова.

— Кто там? — голос получился испуганным.

— Лутц тут проживает? — мужской голос грубо отозвался с лестничной клетки. — Олег Дмитриевич?

— Нет... Вернее, да. Но он в отъезде...

— В каком ещё отъезде?

— По личным... по семейным... В Караганде, — Лутц ляпнул первое, что пришло в голову.

— В какой, к херам, Караганде?

Лутц растерялся, о Караганде он не знал ничего.

— Открывайте немедленно! Со мной участковый, мы можем применить меры...

За дверью к первому голосу добавился второй, что-то буркнул матерной скороговоркой. Лутц вытер вспотевшие ладони о халат, клацнул замком и, не снимая цепочки, приоткрыл дверь.

Двое: мент с хугровским шевроном и военный офицер. Военный — капитан — был в пехотной полевой форме с маскировочным узором болотной расцветки. На багровом лице сидели кокетливые очки в золотой оправе — тонкой и явно женской. Мясистой пятернёй капитан прижимал к груди папку школьного фасона из рыжей клеёнки.

— Вы жена? — спросил военный почти вежливо.

Из подъезда тянуло сырой плесенью и прокисшими окурками.

— Сестра... — выдавил Лутц.

Военный рассеянно поправил очки указательным пальцем.

— Тоже сойдёт, бля, — мент дохнул перегаром, — нам-то хули... Пусть, вона, подпишет. Сестра-то родная?

Лутц смиренно кивнул.

— Ну если родная... — Пехотный капитан просунул листок и ручку. — Там галочку я поставил... Там — посерёдке...

Лутц взял замызганный лист писчей бумаги с отпечатанными фамилиями. Нашёл свою. Накарябал рядом какую-то загогулину.

— Вы теперь уведомлены, — военный спрятал лист в папку, — и несёте всю полноту ответственности за уклонение и невыполнение в соответствии с законом от пятого августа...

— Каким законом? — проблеял Лутц. — Какое уклонение?

— Вот тут всё написано, — офицер быстро просунул в дверную щель пальцы, сжимавшие серую открытку. — Повестка.

Военный произнёс это слово, а Лутц одновременно прочитал его на картонке. Слово было набрано жирной «гельветикой». Глаз выхватил из текста и слова помельче «с целью переподготовки». Лутц не успел взять открытку. Вместо этого он совершенно неожиданно для самого себя резко толкнул дверь. Пальцы капитана тихо хрустнули. Как куриные косточки. Открытка упала на коврик прихожей. Одновременно подъезд взорвался криком. Акустика лестничных пролётов умножила звук, эхо вернулось сверху и снизу — Лутц жил на шестом этаже двенадцатиэтажной башни — можно было подумать, что в подъезде забивают какое-то крупное и сильное млекопитающее.

4

Лутц захлопнул дверь, стремительно повернул замок. И ещё раз. Клацнул задвижкой. Бессильно сполз по стене на пол. Будут стрелять сквозь дверь, подумал. Сволочи. Озноб, жестокий колотун, тряс тело. С лестничной клетки продолжали доноситься крики, но уже без прежней страсти. Пинали сапогами в дверь, капитан грозил трибуналом, мент невнятно матерился. Однако, стрелять не стали.

— Сволочи... — Рукавом халата Лутц вытер пот с лица, дотянулся и взял повестку. Призывной пункт находился по адресу: 2-я Шарикоподшипниковская улица, дом 7, корпус Б. Сложив картонку, порвал пополам, потом ещё раз и ещё. Чтобы унять дрожь, сцепил пальцы замком, сжал до боли. Он помнил тот адрес, помнил и тот дом — здание тюремного типа из фабричного кирпича. В последний год школы их, всех мальчишек класса, привезли туда на медкомиссию. В пустом зале на втором этаже их заставили раздеться догола. Построили в линейку у стены.

В дальнем конце зала стоял длинный стол, по бокам сидели две женщины с одинаково брезгливыми лицами продавщиц из рыбной секции. Между ними возвышался плотный офицер, перепоясанный ремнями портупеи. Перед военным высокой стопкой лежали картонные папки. Офицер брал верхнюю, раскрывал и громким гортанным голосом выкрикивал фамилию. Мальчик подходил. Одна из тёток требовала убрать руки с гениталий, вторая грубо шутила. Военный громко хмыкал. Голому мальчику приказывали встать на цыпочки и вытянуть вверх руки, потом присесть на корточки. В конце он должен был повернуться спиной, наклониться и зачем-то руками раздвинуть ягодицы. Ничего более унизительного Лутц прилюдно не проделывал ни до, ни после.

5

Из спальни донеслось треньканье телефона. Лутц с трудом поднялся, держась за стену, побрёл на звук. Звонили с работы — Бохачек из отдела кадров. Отвечать Лутц не стал. Он вернулся в ванную. Чуть помедлив, снял халат и повернулся к зеркалу.

Он разглядывал отражение. Так — с немым ужасом — рассматривают жертву автокатастрофы или распластанное на асфальте тело бедолаги, выпавшего из окна. Очевидная абсурдность, невозможность впихнуть реальность в мозг, в сознание: не то что понять, как в такое поверить? Что это? Как? Почему?

Шок проходил, на смену безвольному ужасу пришла злость. Девица в зеркале, по-цыгански смуглая, с ладной фигурой цирковой прыгуньи, мускулистая и компактная, с парой крепких грудей и сильными икрами, разглядывала его с откровенной ненавистью. Глаза, карие до черноты, были глазами сумасшедшей. Лутц почти физически ощущал, как наливается жаркой яростью, звериной, буйной и бесконтрольной. Он сжал кулаки и сделал шаг к зеркалу.

— Это моё... — прошипел Лутц. — Убью, сука!

Он резко ударил. Метил в лицо. Зеркало треснуло — звонкая трель диагональю перечеркнула стекло из угла в угол.

— Убью!

Лутц продолжал бить, он пинал зеркало ногами, локтем сшиб полку над умывальником. Весело на кафель посыпались склянки, щётки и прочая туалетная дребедень. Он бил и выкрикивал ругательства, рычал и снова бил. Бил до изнеможения, боли он уже не чувствовал. По рукам лилась кровь, брызги стекали по стенам, яркими кляксами краснели на полу. Зеркало, всё в трещинах, тоже было заляпано кровью и уже почти ничего не отражало.

Запиликал мобильник и почти тут же кто-то позвонил в дверь. Лутц застыл. В дверь звонили и стучали кулаком. Телефон наконец заткнулся, но сразу начал трезвонить опять. В дверь уже колотили ногами. Лутц нашёл мобильник в спальне, оба раза звонили с незнакомого номера. Был ещё текст от отца и два пропущенных звонка с работы. С лестничной клетки доносились голоса, потом приехал лифт, кто-то напоследок пнул в дверь и всё стихло.

На антресолях осталась коробка с Катькиным барахлом. Летние вещи, которые она не успела выкинуть. Жирным фломастером на картонке было написано «хлам». Лутц с треском сорвал липкую ленту, вывалил вещи на пол. От тряпок пахнуло кремом для загара и Катькиной парфюмерией.

Брезгливыми пальцами, точно перебирая мусор, Лутц вытягивал из кучи очередную пёструю тряпицу, разглядывал её и отбрасывал в сторону. К цветастым сарафанам и гавайским платьям на бретельках он явно был не готов морально. Выбор остановил на бриджах цвета хаки, который Катька называла почему-то «сафари» и на линялой джинсовой рубашке свободного покроя с медными пуговицами и парой карманов на груди. Розовые полукеды пришлись почти впору.

6

Солнце садилось и двор наполнялся сумраком. Пахло концом лета, жухлым тополиным листом, тёплой городской пылью. На кирпичной стене общежития белела недавно замазанная надпись. Асфальт был заляпан белилами. Надпись появлялась каждую неделю — каждую неделю её снова закрашивали. Лутц придержал железную дверь, выскользнул из подъезда. Посередине двора, заехав передними колёсами на вытоптанную клумбу, стоял служебный автобус с зашторенными окнами и серой полосой вдоль борта.

На убогой детской площадке — ржавый остов качелей, песочница, фонарный столб — лениво возились солдаты. Из железных трубок и палок они уже собрали каркас то ли шатра, то ли большой палатки. Посередине, прямо в песочнице, стоял узкий колченогий стол, накрытый кумачовой тряпкой.

Дверь третьего подъезда распахнулась, оттуда появилась непомерно длинноногая девица на шпильках и в куцем платье, антрацитовом со змеиной блёсткой. Девица в нерешительности остановилась, потом вдруг согнулась — будто сломалась пополам. Её громко вырвало жидкой гадостью, тёмной, коричневой, похожей на старую кровь.

Окна второго этажа над подъездом были настежь распахнуты — все три окна. Комнаты были налиты густой чернотой, там угадывалось смутное безмолвное движение, какая-то глухая возня. Через арку во двор вкатила чёрная «чайка», из неё выкарабкался крупный полковник с аксельбантами, следом вылез поп в рясе. Полковник вытер лицо рукой и закурил, поп раскрыл багажник, вытащил оттуда шляпную коробку. Девица, пошатываясь наблюдала за приехавшими. Поп достал из коробки предмет, похожий на золотое ведро. Аккуратно надел ведро на голову.

Дверь подъезда раскрылась. Из чернильной темноты выплыла крышка гроба. Её на вытянутых руках нёс над головой сухой мужичок в мятом костюме. Лутц узнал местного электрика то ли Лёню, то ли Лёшу. Девица неуверенно посторонилась, пропуская монтёра. Потом согнулась и её снова вырвало.

7

Лутц вышел из арки на проспект. Быстро пошёл в сторону Сухаревки. Прохожих было мало. Дома на той стороне, большие и грязные, со слепыми от пыли окнами, казались необитаемыми. У входа в булочную, прямо на тротуаре, стоял милицейский фургон. Прохожие огибали фургон, обходили торопливо и не оглядываясь. Соседний магазин электротоваров, закрытый неделю назад, теперь был заколочен листами фанеры. На остановке пара одинаково мелких старух в мышиного цвета дождевиках ждала автобус.

Раздался крик, Лутц обернулся. Из дверей булочной с грохотом вывалилось несколько человек. Рослый парень в белой футболке пытался вырваться, трое ментов висли на нём, один пытался душить сзади. Парня повалили, начали бить ногами. Он по-боксёрски закрывал голову и лицо руками. Старушки осторожно подошли поближе и заинтересованно наблюдали за происходящим. Другие прохожие отворачивались и прибавляли шаг. Избиение происходило молча. Теперь парня дубасили резиновыми палками.

Автобус подошёл к остановке, двери открылись. Старушки, суетясь, засеменили к автобусу. Водитель захлопнул дверь прямо перед ними и уехал.

Пиццерия на углу тоже закрылась. Большие окна на первом этаже, где раньше можно было видеть посетителей, официантов и часть кухни с печью, выложенной диким камнем, словно в какой-то средневековой харчевне, эти витринные окна были теперь закрашены побелкой. На месте вывески — итальянский повар, жонглирующий помидорами — висел флаг. Флаг болтался и на соседнем здании, и на следующем. Откуда-то долетел церковный

перезвон, едва слышно, точно кто-то щедрой рукой рассы-
пал мелочь. Сквозь весёлое дзиньканье пробрался басовый
набат, тяжкий и мрачный, как похоронный колокол. Звук
неторопливо плыл над городом. Лутц сбавил шаг, задрал
голову, прислушиваясь. Как пульс, — подумал он, — пульс
гигантского зверя.

8

Сказать, что отец Лутца жил на Сретенке, было бы неверно, поскольку он не жил, а умирал. Диагноз поставили в марте, жизни пообещали ещё месяцев шесть, плюс-минус — сказал доктор, роясь в бумагах. Тогда Лутц-старший дал ключ сыну. Не хочу тут лежать и тухнуть, ухмыльнулся.

Дом, ветхий и древний, каким-то чудом уцелел в одном из сретенских закоулков. Перед единственным подъездом кривлялись низкорослые яблоньки. Где-то жарили рыбу. Косая дверь, утратившая форму из-за дюжины слоёв краски — последний был коричневым. Мраморные ступеньки, похожие на пыльные обмылки; липкие, будто потные, перила. Лутц тут вырос и помнил наизусть каждый изгиб дряхлого особняка. Поднявшись на третий этаж, он замер с ключом перед дверью. Потянулся к звонку, но тоже передумал. Негромко постучал.

Пустота внутри квартиры зашуршала, зашаркала — долго и мучительно зашлась в кашле. Наконец дверь открылась. Лутц знал, что отец плох, но тут оказалось что-то другое.

Отец, не взглянув, развернулся и пошаркал в комнату.

Даже не худоба, не папиросная бумажность кожи, не скрюченность бессильного тела — нет, Лутца ошарашило почти физическое присутствие некой беспощадной и угрюмой силы, мощной как ураган и беззвучной как полёт птицы. Этой гадостью, тяжёлой и липкой, было заполнено всё пространство прихожей до самого потолка.

В комнате оказалось ещё хуже. Сквозь полумрак Лутц узнавал постаревшую мебель, плешивый ковёр на полу, рыжие абажурчики в мушиных крапинках, мёртвые часы в футляре из морёного дуба. В детстве они походили на королевский замок, сейчас напоминали, поставленный на попа, рыцарский гроб.

Чёрный лак пианино с выводком фарфоровых скользких уродцев, отвратительные кружевные салфетки под хрустальными вазами, обрамлённые фотографии молодых родителей — те даже не походили на настоящих живых людей. Его собственные фотографии в виде ребёнка-школьника, тоже, скорее картонный муляж, чем портрет живого мальчика. Вскрытый склеп. Разрытая могила.

— Какая всё-таки нелепость... — пробормотал Лутц.

На круглом столе под пыльной люстрой стояла шкатулка со стеклянной крышкой, внутри лежали ракушки, которые он собирал вместе с матерью на диком пляже под Ялтой. Он пытался вспомнить название рыбацкой деревни на обрывистом берегу. Волны выбросили мёртвого дельфина, вечером море плескалось шёпотом, качало ленивые шлюпки. Мокрые цепи ворчали у пирса, большая луна жутковато таращилась, липла к полированным смоляным волнам и катилась, катилась...

Отец невесомо опустился на диван, там, из вороха подушек, пледов, и стёганых одеял, отец свил своё смертное логово. Лутц подошёл, остановился в трёх шагах.

— Ближе, — буркнул отец. — Не заразное... это.

Лутц покорно сделал шаг. Он старался не вдыхать, дышал мелко и опасливо, тёплый воздух казался тяжёлым и шершавым — почти осязаемым. Воздух был наполнен смертью. Отец, откинув голову и страдальчески приоткрыв рот, вдруг стал фрагментом какой-то картины — точно, Эль-Греко — даже чернильный колорит тот же, портрет какого-то мученика или святого, Лутц пытался вспомнить имя, но название ускользало: картина — музей, конечно, Прадо, конечно, Испания — стояла перед глазами, мученик, по традиции церковных канонов демонстрировал, держа в руках, инструменты своей пытки: да, то ли крючья, то ли щипцы для выдирания ногтей, как святой Себастьян на любой картине неумолимо щетинится арбалетными стрелами. Святой Януарий? Лоренцо-мученик?

Отец мрачно разглядывал Лутца.

— Не знаю даже, как объяснить... — начал сын. — Утром, сегодня утром...

Старик замотал головой, будто голос сына причинял ему физическую боль. Тот замолчал. Отец что-то буркнул.

— Что?

Лутц переспросил и тут же осёкся: экран телевизора, что стоял в углу был разбит вдребезги. Из экрана торчал кухонный молоток, какими хозяйки отбивают свиные котлеты.

— Я всегда знал, что ты... — повторил отец громче.

— Что?

— Ещё в детстве. Думал, сумею сделать из тебя... Перековать. Исправить. Ты же с самого рождения, с самых первых дней...

— Что? Что?

— Это всё твоя мать! Бабьё проклятое! Если б не Елена, не её воркованье... — отец поперхнулся, — её миндальничание...

Он кашлянул, словно подавился. Пытаясь ртом схватить воздух, вытянул шею. Куриная кожа, белая варёная птица. Отец зашёлся в кашле. Он не мог вдохнуть, раскрывал рот и снова кашлял. Это напоминало пытку.

Сдохни, — Лутц подумал и тут же испугался, что именно это и произойдёт прямо сейчас. На его глазах умрёт отец. Его отец.

Лутц кинулся на кухню. Сшибая немытую посуду, он открутил кран, наполнил водой кружку. Бегом вернулся в комнату. Держа голову за затылок, пытался напоить отца. Ладонью ощутил холод кожи, тяжесть головы — как мраморный шар, господи, как мёртвый каменный шар.

9

Кашель стих, сошёл на нет — будто до конца раскрутилась пружина механического завода. На улице, совсем рядом, завыла сирена. К ней присоединилась другая — тише, издалека.

— Пожарная?

Лутц встал с колен, подошёл к окну и отодвинул штору.

— Темень... Ничего не видно, — зачем-то прокомментировал он. — Темно.

С улицы донёсся треск. Стреляли из автомата. Потом что-то грохнуло, да так, что пол подпрыгнул.

— На бульварах, — сипло проговорил отец. — У Чистопрудной рвануло.

К автоматным очередям добавилась пистолетная пальба — сухие и несерьёзные выстрелы, вроде детских хлопушек. Лутц достал телефон, сигнала не было. Громыхнул ещё взрыв, но слабей и подальше. Сирены теперь выли хором.

— Что с сигналом? — Лутц повернулся. — Где усилитель? Ну, коробка эта?

Отец кивнул в сторону убитого телевизора.

— Где? — Лутц тыкал пальцем в телефон. — Где?

— Выкинул. Вырвал с потрохами и выкинул, — зло прохрипел отец. — К ебеням!

Снаружи, перекрывая сирены и пальбу, кто-то закричал. Низко, страшно и протяжно. Внезапно крик оборвался.

— На столе, — проговорил отец, — в кабинете, на моём столе, лекарства. Там...

Лутц вышел в тёмный коридор, нащупал дверь. Открыл. В сумрачный кабинет пробивался свет уличного фонаря, знакомые предметы угадывались сами. Пахло мастикой, старым деревом, ветхой бумагой — так пахнет в антикварных лавках. К запаху старья примешивался какой-то посторонний и неуместный, почти радостный аромат. Что это, зачем, откуда? Будто с мороза принесли свежую новогоднюю ёлку, ещё не размотали бечёвку, ещё на иголках не растаяли снежинки, но праздничный дух уже проник во все комнаты.

Лутц наощупь пробрался к письменному столу. Под ногами хрустело тонкое стекло. Вытащил телефон, включил фонарик. Паркетный пол был усеян пустыми ампулами. Яркий луч вырезал из темноты плоский кусок шкафа с золотыми корешками книг, угол иконы, бронзовый письменный прибор. Луч скользнул ниже — на полу, рядом со столом, стоял гроб. Светлый, из свежих досок, он напоминал лёгкую лодку-плоскодонку. На дне гроба лежали еловые лапы. Лутцу почудилось, что пол вдруг стал зыбким и начал крениться, неумолимо уплывать куда-то вбок.

Вернулся в комнату. Отец лежал, запрокинув голову и выставив острый кадык. Глаза удивлённо пялились в потолок. Лутц остановился в дверях, он боялся подойти ближе — смесь ужаса, растерянности и какого-то мрачного злорадства, почти радости, тошнотворной волной поднималась из желудка. Старик не шевелился. Рука, мёртвая и тощая, цвета сырой побелки, свисала с дивана, тонкими пальцами касаясь ковра. Ворс ковра давно вытерся, а раньше там среди замысловатых узоров и восточных гирлянд, можно было отыскать пару рогатых страшилищ, исполнявших боевой танец.

— Нашёл? — не поворачивая головы, тихо спросил отец.

Лутц беспомощно поднял руку с пустой коробкой.

— Кончились... — удалось выдавить ему. — Пусто.

— Ни одной ампулы?

— Нет.

— Ни одной?

Лутц не ответил. Стрельба на улице утихла, где-то вдали всё ещё выли сирены, но и эти звуки таяли и сливались с утробным гулом города.

— У кинотеатра аптека, в подвальчике — помнишь? Дежурная. Перешёл через дорогу и там.

Отец говорил быстро, заискивающе, почти ласково. Никогда так не говорил с ним. Аптека, вроде там, неоновая вывеска с крестом, 24 часа: а вот кинотеатр тот закрыли лет двадцать назад, Лутц промолчал.

— Одну упаковку. Одну. Это ж пять минут — туда и обратно.

— Хорошо. Давай рецепт.

— Нет рецепта. Мне Ольга Марковна доставала. По блату.

— По блату? — переспросил Лутц зло, — что это вообще значит: по блату? Ольга Марковна... Это же не аскорбинка, не пилюли от запора! Морфий! Кто мне продаст без рецепта морфий...

— Погоди...

— ...Морфий среди ночи! Без рецепта!

— Погоди!

— Звони своей Марковне, Ольге! Звони-звони, я съезжу! По блату!

— Нету её. Под Питером она. За Линией, в Парголово что-ли... Продала всё и свалила.

Город, как пишут в скверных романах, был настороженно тих. Лутц старался держаться подальше от фонарей. Перебегая через пустынную улицу, он успел заметить, что перекрёсток Сретенки с кольцом перегораживали танки. До Садового было метров семьсот, но Лутц на всякий случай нырнул в тень и застыл, прижавшись к стене дома. Замри — учил отец, — жертву всегда выдаёт желание бежать.

Небо на северо-западе было тёмно-малиновым, почти рубиновым. Там что-то пульсировало, набухало как нарыв. Такое зарево вставало над городом во время ночных парадов, но все парады проходили весной и осенью, а сейчас был ещё август.

На месте бывшего кинотеатра — Лутцу даже припомнился индийский фильм, душный зал с тесными креслами, жаркая ладошка напрочь безымянной девочки из параллельного класса — на месте кинотеатра давным-давно обосновался супермаркет, сперва австрийский, потом наш. В апреле закрыли и его.

А вот аптека оказалась бессмертной. Железная дверь в стене, кнопка звонка, мутная вывеска подмаргивала выше — в тех же скверных романах такие двери играют роль портала, через который герой попадает в прошлое или будущее. Иллюзии чудесного побега подобного рода у Лутца исчезли ещё в детстве. К водосточной трубе на уровне второго этажа крепилась камера. Лутц поднял голову и придал лицу невинное выражение. Вдавил кнопку звонка. Дверной замок клацнул и дверь приоткрылась.

Крутая лестница вниз была выложена плиточником-мизантропом отменно скользким кафелем. Такой же плиткой — чёрной — сиял пол подвала и все четыре стены. Потолок оставили в покое и побелили. В углу висела ещё одна камера наблюдения. По стенам пестрели рекламные плакаты лекарств для глаз, ушей и других органов, но ощущение пребывания в сортире ресторана средней руки всё равно оставалось. Привычного магазинного прилавка не было. Было окно в стене, забранное решёткой. В амбразуре маячил белый халат и учительские очки.

Лутц согнулся. Он показал пустую коробку из-под морфия. Начал говорить — кротко и печально — смиренный тон и мягкий голос нравились ему самому, но всё равно Лутца не оставляло чувство, что он всё врёт. И про отца, и про смерть, и про боль.

Похоже, провизорша тоже не верила. У неё не было губ — она, слушая молча, методично их жевала; хилые волосы мышиного цвета были крепко стянуты в тугую фигу на затылке, из-за этого лицо казалось принадлежит карлице с парой капель японской крови. Восточную экзотичность портили очки — круглая чёрная оправа, толстые линзы, вкупе с докторским халатом безукоризненной белизны, невольно будили в памяти кадры кинохроники из медицинских лагерей на оккупированных территориях.

— Вы — дочь? — наконец спросила провизорша.

Лутц смиренно кивнул.

— Предъявите карту.

Лутц протянул карту в окошко.

— Это карта отца, — с тихой ненавистью произнесла провизорша. — Вашу карту!

Лутц начал врать — торопливо, беспомощно, безнадёжно. Провизорша не перебивала, очевидно упиваясь процессом унижения. Внезапно отрезала:

— Ясно. Ждите тут!

И захлопнула окошко фанерной створкой. На краске, не белой, а с каким-то грязноватым оттенком, который при желании можно назвать «цветом слоновой кости», кто-то нацарапал слово «сука». Слово замазали, но оно всё равно проступало сквозь белила.

Прошло минут десять. От плаката, описывающего ужасы псориаза, Лутц двинулся к следующему — про гонорею. С улицы послышались голоса. Лязгнула дверь. Затопали по лестнице тяжёлые башмаки. Лутц не успел испугаться, в подвал скатилась пара ментов. Провизорша, распахнув окошко, азартно вопила:

— Я сразу поняла! Сразу!

Лутца скрутили, поволокли по лестнице. На тротуаре, вплотную к аптеке, стоял крытый грузовик с эмблемой крылатого льва на борту. Двигатель тарахтел, резко воняло соляркой. Фары ярким клином выхватывали кусок Сретенки, на тротуаре валялась куча тряпья, из которой торчали босые пятки. Чёрный силуэт в каске и с рацией в руке перешагнул через тело.

— Семёнов! — гаркнул он. — Мясницкая, двенадцать! Погнали!

Лутца втолкнули в кузов.

— Ползи сюда, — из темноты раздался женский голос. — Тут лавки по бортам.

Машину дёрнуло, Лутц покатился, размахивая руками и пытаясь в потёмках нащупать опору. Чья-то рука ухватила его за плечо, потянула. Он больно ударился копчиком, задом нащупал скамейку. Цепкие пальцы держали его за предплечье. Машину снова мотнуло.

— Ноги расставь и в пол упрись, — посоветовал голос. — Вот так.

На слух, говорившей было не больше пятнадцати. Угадывался лишь силуэт. Такие голоса бывают у розовощёких отличниц из хороших семей: папа — учёный, мама — доктор, вроде того.

— Спасибо... — Лутц выдохнул.

Он сжал край лавки, упёрся ногами в пол.

— До Мясницкой всего минут десять... — зачем-то сказал.

— Тебя где взяли? — спросила девица.

— На Сретне. В аптеке. Провизорша вызвала.

Отличница рассмеялась.

— Меня собственная жена сдала. Представляешь?

Лутц пожал плечами, жест бессмысленный в темноте.

— Инквизиция! — из дальнего угла послышался сиплый голос. — Всё к тому и шло. Костры на Красной площади будут. Жечь и головы рубить. Они давно готовились. А теперь им терять вообще нечего. Как Питер оставили...

— Заткнись! — звонко перебила девица, потом шепнула на ухо Лутцу, — Чокнутая! Она просто чокнутая... Чокнутая старуха.

— Сама чокнутая! — огрызнулась та. — Зассыха малолетняя, жизни-то и не нюхала. Тут всё по кругу — гиблое место. Хочешь узнать будущее — загляни в историю. Они ж только названия меняют: милиция — полиция — гвардия — милиция...

— Да не милиция это — «грифон»!

— Вот именно — инквизиция! И облавы по всему городу. После взрыва...

— Какого взрыва? — Лутц вытащил мобильник.

— Сигнала нет, — сказала девица, — Сеть лежит с восьми.

— Какого взрыва? — повторил Лутц тихо.

— Храм рванули. И контору.

— Детмир? — Лутц включил в мобильнике фонарик.

Девица оказалась всклокоченной, но вполне привлекательной бабёнкой лет под тридцать в мужской рубахе и подвёрнутых джинсах.

— Нас на Таганке так тряхнуло, — влезла старуха. — Аж тарелки в буфете...

— Кто рванул-то?

— Ливонцы, думаю, — девица. — Кто ещё?

— Да сами они и рванули — терять-то уже нечего! Жечь и головы рубить на Красной...

Старуха не успела договорить. Шофёр дал по тормозам, грузовик занесло — движок надрывно взрычал, резина завизжала по асфальту. Тут же, совсем рядом, затарахтел автомат. Пули зацокали по борту, словно кто-то хлёстко швырнул горсть щебёнки. Лутц грохнулся на пол, покатился, на него упала девица. Машина налетела на что-то, с грохотом подпрыгнула, посыпались стёкла. Мотор заглох. Снаружи загремели замком, дверь распахнулась, голова в каске гаркнула:

— Живой кто есть? — и не дождавшись ответа. — Бегите! Бегите из центра — тут такое сейчас...

Он не договорил, рядом ухнул взрыв. Затрещали автоматные очереди.

Девица тащила Лутца к выходу. Старуха лежала навзничь, широко раскинув руки — так привольно люди падают в траву или на песок пляжа. Лоб и половина лица казались вымазаны сажей. До Лутца не сразу дошло, что это кровь.

— Ну что ты канителишься! — заорала девица. — Кирдык ей! Бегом-бегом!

12

Они спрыгнули на асфальт. Грузовик стоял поперёк Крымского моста, лобовое стекло было в кружеве трещин. Горько воняло палёной резиной и бензином. Метрах в сорока дымился танк. Проломив заграждение, он запутался в стальных тросах моста и повис над водой. Дальше, уже на Кольце, не доезжая Зубовской, чернела стена из грузовиков и бронетранспортёров. В белых лучах фар сновали фигурки людей.

— Гляди... — девица дёрнула Лутца за рукав.

Он повернулся. Не сразу понял, в чём дело. Панорама выглядела непривычно: на месте Храма зияла пустота, там что-то горело. В небо поднимался дым — чёрный и жирный он лениво вставал в рыжем мареве как гигантская траурная колонна.

— Эй, — девица снова потянула рукав Лутца. — С тобой когда...

Она запнулась, но Лутц понял.

— Сегодня, — ответил. — Утром. А, может, ночью...

— Я уже третий день... Людка, сволочь, в ментовку...

— Да, ты говорила... Тебя как зовут?

— Макс... Литвинцев.

Лутц повернулся, оглядел девицу.

— Убедительно, — усмехнулся.

— Ты на себя посмотри, — огрызнулся Макс.

Оба замолчали. Дым поднимался перпендикулярно вверх. По небу шарили сизые полоски пожарных прожекторов. Чёрные щупальца перекрученной арматуры торчали из руин. С севера послышался гул. В темноте утробный звук плыл низкой басовой нотой, растекался и рос.

Гул приближался. К нему добавился какой-то отвратительный звон — дребезжание, от которого становилось невыносимо щекотно в нёбе. Над Воробьёвыми горами появились мутные огоньки, похожие на светляков. Они кружили хороводом над университетом, потом выстроились в гирлянду и плавно потекли в сторону центра.

— Что это? — завороженно прошептал Макс.

Рокот стал громче и отчётливей, распался на составляющие звуки: теперь можно было ясно различить глухое низкое гудение, стрекотание на средних тонах и свистящий зуд, на границе с ультразвуком вроде бормашины в зубном кабинете.

— Надо бежать... — Лутц, сам не в силах оторвать взгляд от огней, потянул Макса за локоть.

Гирлянда распалась, огни хаотично заметались и вдруг образовали идеальное кольцо — и застыли.

— Смоленская... — Макс беззвучно шевелил губами, пересчитывая огни. — Пятнадцать. Над Смоленской они...

— Не, Смоленская правей... Площадь Кадырова. Что там?

— Крымский парк?

— Нет. Там же... — Лутц догадался, но произнести не успел.

Кольцо огней, до этого мутное, неожиданно вспыхнуло — будто кто-то повернул выключатель. Вспышка ослепила. Гром залпа долетел вместе со взрывной волной. Мост подпрыгнул. Посыпалось битое стекло. Заскрежетали фермы, взвыли консоли, с металлическим звоном рвались стальные канаты. Подбитый танк сорвался и рухнул в воду.

Так быстро Лутц не бегал в жизни. Макс не отставал. Они неслись через чёрный парк, летели наугад, воздух был влажен и вкусен, как бывает вкусен дух летнего луга после ливня. Ужас достиг предела и вдруг превратился в экстаз. Лутц почувствовал, что в груди больше нет места, грудная клетка — паровой котёл и она сейчас взорвётся. Страха не было — был восторг. Он безумно захохотал и гаркнул в ночь:

— Смерти нет!

Пролетели через распахнутые кованные ворота, выскочили на улицу, конусы жёлтых фонарей вели за поворот, что это — Пречистинка? Нырнули в переулки, остановились перевести дух в сумрачной арке с пыльным фонарём в кирпичной стене.

— Кажется, я понял... — Лутц хватал ртом воздух, — понял...

— Что?

— Всё... Ну всё... Про нас, про них... — Лутц махнул рукой в сторону. — Про всё!

Макс ладошкой стёр пот с лица.

— Ты тоже думаешь, что это инопланетное вторжение?

Макс сухо сглотнул, раздражённой рукой откинул волосы со лба. Румяный, с влажными губами и жёлтыми кудряшками, он вдруг напомнил Лутцу фарфоровую пастушку из родительского сервантного паноптикума. У пастушки было низкое декольте с парой восхитительно розовых грудей.

— Знаешь, — Лутц хмыкнул, перевёл взгляд на фонарь. — Не хочу никого обидеть, но тебе определённо подфартило с экстерьером. В форме компенсации, наверное.

До Макса дошло не сразу.

— Слушай, ты, — сердито начал, он. — Самым умным себя...

— Тихо! — Лутц закрыл его рот ладонью, прошептал, — слышишь?

Откуда-то долетал голос — ровный баритон с дикторскими интонациями. Слов было не разобрать, но судя по тону и модуляциям тема была серьёзной. Лутц мотнул головой в сторону двора, Макс кивнул.

Двор был пуст и тёмен, и напоминал колодец. Одинаково мёртвые окна белели крестами рам. Первый этаж был забран железными решётками. У подъезда, в сторожевой пристройке, мерцал экран. Из приоткрытой двери тянулась полоска сизого света. На ступеньке горбился силуэт с огоньком сигареты и диной палкой, похожей на посох.

— Да вижу я вас! — хрипло гавкнул силуэт и добавил угрюмо, но без особой угрозы, — у меня ружьё. Буду стрелять.

— Не надо! — Лутц быстро вытянул руки вверх. — Мы мирные...

Он запнулся, подбирая слово.

— Мирные прохожие! — Макс закончил за него.

— Мирные... — передразнил человек с ружьём и строго приказал. — Ну-ка руки в гору и подошли сюда!

Вблизи сторож оказался жилистым стариком с крупными кистями рук цвета копчёной камбалы. Он бережно затянулся. Огонёк уже пошёл до его пальцев, тогда он положил окурок на бетон и аккуратно придавил подошвой.

— Вот такой вот фортинбрас, барышни-маруси, — выдохнул дым дед, будто подводя итог тяжкому разговору. — Финита!

Лутц, косясь на винтовку, медленно опустил руки.

— Мы не в курсе, — произнёс он и ласково добавил, — извините...

Сторож поднял глаза, исподлобья оглядел Лутца — то ли с жалостью, то ли с презрением. Помолчав ещё, буркнул:

— Батю завалили...

Дед мрачно покачал головой.

— Покушение? — спросил Макс. — Переворот? Кто?

— Суки! — рявкнул сторож. — Чухи или пшеки, а, может, пятнисты. Западло, короче. Или наши... как их... медный легион...

Из каморки теперь доносилась угрюмая музыка.

— Сорок три... — дед выудил из мятой пачки сигарету, сунул в рот. — Сорок три! Правил с начала века, а? Сорок три года...

Лутцу было тридцать шесть, Максу и того меньше.

— Вместе с патриархом... — сторож забыл прикурить, цигарка прилипла к нижней губе и смешно двигалась в такт со словами. — Вакуумная бомба, говорят. Прямо в храме накрыли...

— Так кто?

— Хер их поймёшь, — отмахнулся старик. — Они ж там врут всё! Их послушать, так мы уже и Питер отбили, и Мурманск!

Ударение в названии города сделал на «а».

— Стратегический ход! А линия фронта где, я тебя спрашиваю? Я когда тикал с-под Симферополя, мать их ети, — это ж двадцать годов тому! — Батя трындел — исконно русская земля! Исторически! На века! И где он — ваш Крым? Стратегический ход... Они же все карты, карты все у них... Вы-то, маруськи, ни хера не знаете, да и не родились тогда поди, а ведь и Карелия и Псков, и Амурская респуб...

Старик внезапно застрял на полуслове, словно подавился. Схватился руками за грудь, растопырил пальцы.

— Чой-то... — пробормотал, — херовато мне, девки...

Цигарка отлипла с губы и упала. Вся бетонная ступенька была в растоптанных окурках.

— Скорую надо... — Макс плавно подался назад.

— Не надо... — лицо старика бледнело, даже руки стали серыми, как из сырой глины. — Идите-идите... Сейчас отпустит... Прилечь мне надо.

14

— Там — набережная. Балчуг — там, — Макс неопределённо махнул в сторону.

Они уже полчаса блуждали по путанице переулков, крались тёмными дворами, перелезали через заборы, продирались через кусты. Названия переулков казались смутно знакомыми: Первый Хомутовский, Стародевичий переулок, Пятый Староуездный, Третий, Второй — на Первом Староуездном они чуть не напоролись на блокпост. БТР перегораживал проезжую часть, солдаты жгли костёр прямо на тротуаре. Воняло дымом и горелым салом. Солдаты обступили костёр, они что-то жарили, сунув палки в огонь.

— Назад-назад! — Лутц прошептал, вжимаясь спиной в стенку арки. — «Грифон»!

Их не заметили. Прячась за мусорными контейнерами, они прокрались через скверик с мёртвыми деревьями. Низкий дом казался выселенным, над ржавым козырьком подъезда болталась вывеска «Металлоремонт». Стёкла полуподвальных окон были выбиты с особым старанием — даже узкие форточки были разбиты. На третьем этаже горел свет, из окна надрывно орал младенец.

— А правда, что они перед боем кровь человеческую пьют? — в затылок Лутцу прошептал Макс. — Прямо перед боем...

— Кто? — сердито оглянулся Лутц. — Какую кровь?

— Человеческую...

— Зачем?

— Ну как...

Лутц застыл. — Тихо! Что это?

Гул, тугой и плотный, напоминал рёв турбины. Словно где-то вдали прогревали двигатель реактивного самолёта.

— Куда теперь? — Макс растерянно тёр лицо ладонями.

— Аптека нужна... Мне отцу нужно морфий... или не знаю, что-то типа...

— Аптека? Ты чокнулся?

Лутц не ответил и быстро пошёл в сторону арки. Ребёнок продолжал орать, переходя на хрип. Макс выматерился и бросился вдогонку.

Они вышли на набережную. На той стороне высился Кремль. Кремль горел — нет, не горел, — Кремль пылал. Так пылает лесной пожар в летнюю сушь. Огонь рвался вверх сплошной стеной, раскалённой и ревущей. Москва-река — багровая, живая, напоминала поток кипящей лавы. Лутц, не сразу понял, что это лишь отражение, подойдя к парапету, он ощутил лицом пульсирующий жар. На соседнем мосту толпились люди.

— Господи помилуй... — завороженно выдохнул Макс.

Кремлёвская стена с ажурными башенками и амбразурами казалась плоской, точно вырезанной из чёрного листа железа, вроде затейливой печной заслонки. Что-то звонко грохнуло. Рубиновая звезда на Водонапорной башне взорвалась, рассыпавшись сияющими осколками. Трещала шрапнелью черепица. Конус крыши рухнул, башня превратилась в огромную кирпичную трубу, из жерла которой вырвался столб лимонного пламени. На миг река вспыхнула золотом, толпа на мосту хором ахнула. Начало моста было перегорожено танками, съезд с моста и весь Васильевский спуск были забиты военной техникой. Техника в два ряда стояла на набережной, тянулась вдоль реки в сторону высотки на Котельнической.

— Гляди! — Макс вытянул руку в сторону ГУМа. — Выше! Выше!

Там, из-за маковок Василия Блаженного, поднялся вертолёт. Стальной и гладкий, с двумя острыми крыльями, он напоминал гибрид акулы с альбатросом. На секунду машина замерла, после набрала высоту и, хищно склонив клюв, пошла в сторону реки, в сторону моста. Толпа на мосту заголосила вразнобой, звонкий голос вырвался из общего рёва, выкрикнул: «Слава отцам!» и тут же вся толпа хором подхватила «слава-слава-слава!». Люди, сцепившись руками, раскачивались в такт рёву толпы. Кто-то проворно вскарабкался на фонарный столб, сорвал рубаху и начал размахивать ей как флагом.

Вертолёт сделал круг над рекой, над набережной Зарядья и взял курс на север. Он пронёсся так низко, что Лутцу показалось, что, подпрыгнув, ему запросто удастся коснуться стального брюха. Макс испуганно присел. Их обдало жарким ветром винта, оглушило рёвом моторов — блеснула сталь, ровные ряды заклёпок, промелькнул бронзовый герб — вертолёт сделал вираж и понёсся над рекой.

С моста донёсся женский визг. Лутц оглянулся: в небе над Таганкой висело кольцо из ярких огней. Такое же они видели над Смоленской. Огненное колесо вращалось, плавно скользя к Кремлю. Внезапно, один из огней вспыхнул, от него отделилась белая точка, которая внезапно превратилась в ослепительный луч — словно невидимая рука молниеносно прочертила идеальную прямую через всё небо. Луч беззвучно воткнулся в корпус вертолёта. Мост хором ахнул. Вертолёт дёрнулся, точно споткнулся. Но взрыва не последовало, луч просто разрезал вертолёт по диагонали.

— Люди... — выдохнул Макс. — Там...

Вертолёт задрал хвост, закрутился волчком. Дыра в борту стала шире, оттуда посыпались люди. Лутц сперва подумал, что это обломки корпуса, но потом разглядел руки и ноги.

— Люди... — испуганно повторил Макс

Центробежная сила раскидывала тела в стороны, одни падали в воду, другие на набережную. Внутри вертолёта что-то упруго рвануло, полыхнул огненный шар, вертолёт распался надвое. Обломки рухнули — корпус в реку, хвост зацепился крылом за парапет и повис над водой.

Лутц бросился к месту катастрофы, Макс побежал следом. Ни тот, ни другой не смогли бы объяснить, зачем он бегут туда. Первое тело оказалось женским. Оно лежало лицом вниз, раскинув руки. В правой руке были зажаты очки в коралловой оправе. Макс нагнулся, перевернул тело.

— Мёртвая! — истерично крикнул. — Она мёртвая!

Лутц оглянулся: женщина удивлённо смотрела вверх, из уголка накрашенного рта вытекала красная струйка. На мёртвой была форма стюардессы.

Метрах в пяти лежал мужчина. Он упал на спину, от удара его глаза вылезли из орбит. Серый пиджак был порван под мышками, словно кто-то пытался выдрать рукава с мясом. Из-под затылка по асфальту растекалось что-то густое и чёрное, вроде старого вишнёвого сиропа.

— Это же.. — Макс опасливо нагнулся. — Батя... он же уже погиб во время взрыва... там... в этом...

— Ну и вонь... — пробормотал Лутц, — обгадился напоследок отец нации.

От трупа резко воняло фекалиями. Лутц наклонился и вытащил из лацкана золотой значок с двуглавым орлом. Сунул в задний карман.

— Смотри, не уколись, а то ведь...

Макс не успел договорить, с реки прогремел голос, усиленный мегафоном:

— Зона оцеплена! Зона оцеплена! Нарушители будут расстреляны на месте! Стреляем без предупреждения!

Тут же затарахтел автомат и включился прожектор. Фыркнул мотор и катер начал приближаться к парапету набережной. К стрекоту автоматных очередей присоединился пулемёт, этот бил уверенно, крупным калибром, точно долбил в тугой басовый барабан. Стреляли по мосту. Оттуда донеслись крики.

15

— Дальше нельзя по набережной! — Лутц остановился, он согнулся, хватая ртом воздух. — Там съезд с моста. С Каменного. Патрули там.

— Зачем они тех... — Макс тоже задыхался. — Тех, на мосту... Зачем?

За высокой оградой темнел парк, в сумрачной глубине угадывался особняк с колоннами. Чугунная ограда и тротуар были заляпаны разноцветной краской. Дожди смыли краску, но при желании можно было разобрать отдельные буквы. Краска въелась в асфальт, перед воротами, на ширину всей набережной белел крест, очерченный кругом. На толстых прутьях ограды болтались обрывки полинявших плакатов.

— Давай тут! — Лутц подошёл к ограде, взялся за прутья. — Лезь — я подсажу.

— Подсажу? — Макс ловко запрыгнул на каменный постамент, схватился за перекладину и упруго подтянулся. — Что я барышня тебе?

— Ну-ну. Юбку не порви, Маугли.

Кованые ворота с железными лилиями, львами и единорогами были опутаны колючей проволокой. За четыре года она проржавела. Той ночью четыре года назад удалось захватить и сжечь двенадцать посольств. Срывали флаги, громили кабинеты. Трупы дипломатов повесили на барже, пришвартованной у Парка Горького. «Ночь Пепла» стала национальным праздником и теперь отмечалась каждый год фейерверком и факельным шествием по Садовому кольцу — от памятника Ленину на Октябрьской до бывшего американского посольства.

Они перелезли через ограду. Сквер перед особняком одичал и превратился в джунгли. Фонтан в центре клумбы высох, газон зарос бурьяном. Лопухи вымахали в рост человека. Какая-то ночная птица тревожно чирикнула и затаилась. Путаясь в кустах сирени, они продрались к главному подъезду с мраморной лестницей и колоннами. Дверь была выломана. Из пустых оконных дыр окон по линялой побелке тянулись вверх чёрные языки сажи. На пустом флагштоке болтался обрывок верёвки.

— Они тут бабу повесили, — тихо сказал Макс. — Секретаршу какую-то...

— Ты откуда знаешь?

— Был я тут, — Макс шмыгнул. — Тогда...

— Так ты... — Лутц зло зыркнул. — Ты, может, ещё и дружинник?

— Угомонись... На работе записывали, давали отгулы и паёк. Танька тоже плешь проела — давай, мол, никакой карьеры...

— Танька?

— Ну да — жена.

— Это которая тебя ментам сдала?

16

Лутц тоже помнил ту ночь. Трансляция шла по всем каналам, происходящее напоминало гулянье или народный праздник, что-то среднее между Пасхой и Днём Отцов. Комментаторы восторженно говорили о «воле народа», «триумфе русской силы». Толпы горланили песни, жгли факелы, было почти весело. Лутц сидел в тёмной комнате и глотал тёплый коньяк из липкой бутылки. Окна были распахнуты настежь, пахло костром. Закрыв глаза, он представлял себя в Снегирях, на старой дедовской даче. Дед был архитектором, дачу строили по его проекту — она напоминала резной сказочный терем. Убедить себя не очень получалось — к запаху костра примешивалась бензиновая вонь. Потом выяснилось, что «Грифон» снабжал погромщиков бензином — к посольствам заранее подогнали крытые грузовики с канистрами. Той ночью Лутц понял, что он ждал слишком долго. Что точка невозврата, на самом деле, была пройдена давным-давно.

Тогда Москва изменилась сразу: она перестала притворяться. Кухарка, ставшая барыней. Мачеха, наконец получившая власть. Холуй, завладевший хозяйской плёткой: уж теперь-то, голубчики, вы у меня попляшете!

Ненависть, бродившая внутри — ненависть к себе, к своему ничтожеству, ненависть к осатаневшей родне, к соседям, ненависть ко всему миру, вырвалась наружу — с буйным азартом, по-русски задорно и бесшабашно. Ражие молодцы сбились в стаи, они бродили ночными улицами. Молодцы охотились на педофилов — в столице оказалось их целое гнездо; после начали отлавливать наркоманов, затем проституток. Хватали ночных прохожих, останавливали машины, выволакивали девиц.

Ночи стали студёней и темнее, они наполнились стрельбой и воплями. Даже липы на бульварах потемнели и теперь напоминали крашенные муляжи. Появились слухи о расстрельных списках. Никто толком не знал, кто попал в эти списки и, главное, за что. Сашку Долматова с пятого этажа забрали, очевидно, за пьянство. Но за что тогда взяли бухгалтершу Шубину?

Постепенно Лутц понял — смысл страха в отсутствии смысла. Ведь так ещё страшней. Человек — существо рациональное, даже самый тупой ищет логику. Инстинкт выживания с пещерных времён заставлял человека анализировать происходящее и выявлять опасность. И, по возможности, избегать её. Смертельная опасность, очевидная, но непредсказуемая, вызывает страх. Страх, растянутый на часы и дни, на месяцы и годы, этот страх впивается в мозг и душу, он парализует мысль и волю.

Липкий страх втекал внутрь Лутца, он был залит им под завязку. Москва напоминала Венецию — чёрный страх растекался по улицам и площадям, вливался в окна квартир, тёк по лестничным клеткам, наполнял подвалы, поднимался до самых крыш. В ресторанах вертлявые официанты разносили страх на серебряных подносах, пугливые богатеи резали его робкими ломтиками и старательно пережёвывали, дамы по своей акульей привычке хищно заглатывали куском. В шалманах и пивнушках страх разливали кружками, простой люд в подворотнях глушил страх прямо из горла; на шумных вокзалах сирые переселенцы жрали страх из кульков и сальных пакетов.

Страх, похрапывая, катился на багажных полках плацкартных вагонов, он ловким бесом заползал под одеяла девственниц, жарко совокуплялся с матёрыми развратницами, тихо кемарил под боком у скорбных вдовиц. Каждый спектакль в любом театре был посвящён страху, он был героем робких и скучных книжек, центром живописных композиций бездарных картин. Страх не просто превратился в хозяина Москвы, он стал её сутью. Страх стал самой Москвой.

17

Вестибюль — высокий, в два этажа, с колоннами по кругу — казался был выложен чёрным бархатом. Отсвет пожара проникал сквозь высокие окна и ложился красными полосами на пол. Пахло сырой золой, как из старой печки. Тут выгорело всё. То, что не сгорело было покрыто слоем сажи. Парадная лестница, широкая, с каменными перилами на фигурных балясинах, вела на анфиладу второго этажа. Макс взялся за перила — ладонь стала чёрной.

Послышался свист. Он донёсся откуда-то сверху. Несколько нот сложились в мелодию.

— Птица? — Прошептал Макс. — Может, филин...

Мелодия повторилась, но уже с вариацией.

— Сам ты филин, — буркнул Лутц. — Шопен это.

Неслышно ступая, они поднялись на второй этаж. Обошли анфиладу. Свистун виртуозно продолжал выводить мелодию. Иногда казалось, что ему удаётся взять не одну ноту, а целый аккорд;

— Во даёт! — Лутц прошептал восторженно. — Ни разу не слажал, гад.

Он кивнул в сторону арки. На верх вела винтовая лестница. Железные перила оплавились и свисали в пролёт причудливыми украшениями — почти Гауди.

— Ты чего? — Лутц оглянулся.

— Высоты боюсь... — Макс поднимался по лестнице боком, вжавшись спиной в стену.

Лутц остановился и протянул ему руку. Лестница закончилась площадкой. Макс робко заглянул в пролёт. Внезапно свист оборвался.

— Там пожарный люк, — донёсся голос сверху. — Выход на крышу. Только осторожней — кровля скользкая.

Крыша оказалась чуть покатой, но совсем не скользкой. Они вылезли из люка и остановились. На той стороне Москвы-реки догорал Кремль. Стена местами рухнула, через проломы на набережную вытекала рубиновая жижа, вроде раскалённой лавы. Кремлёвский дворец — от крыши остался обугленный скелет из балок и перекрытий — плоско чернел угольным силуэтом с дырками окон. Не было кремлёвского собора, вместо Ивана Великого торчал обрубок колокольни, из которого, как из трубы, валил жирный чёрный дым. Малиновое зарево пульсировало и растекалось по небу.

— Идите сюда! Панорама восхитительная.

Держась за руки как дети, они мелкими шагами обошли кирпичную трубу. Жесть гулко ухала под ногами.

— Я тут!

На самом краю крыши стоял человек. На нём был длиннополый плащ военного фасона, вроде шинели. Воротник был поднят.

— Англичанин что-ли... — пробормотал Макс.

— Нет, не англичанин, — ответил тот и обернулся.

Человек оказался женщиной. Высокой, даже долговязой, с красивым лицом, которое портили тонкие стервозные губы. На губы смотри, женские губы врать не умеют — говорила мама.

Дама треф — Лутц почему-то вспомнил карточную колоду, мама учила его раскладывать пасьянс, когда он болел свинкой: точно — крестовая королева. Белая и слишком долгая шея, острый подбородок. Идеальной формы череп был выбрит до гладкости бильярдного шара.

Больная, подумал Лутц и со стыдом вспомнил об отце.

— Не больная, — фыркнула дама треф. — Просто ненавижу волосы, бр-р-р! Гадость!

Брезгливо скривила губы. И сунула руки в карманы.

— Кстати, насчёт отца, — женщина кивнула Лутцу. — Вот!

Она кинула ему коробку, по-мужски, ловко — он поймал.

— Чистый морфий! — сказала надменно. — Настоящий «Пфайзер». Не ваш фуфляк разбодяженный.

Лутц рассеянно крутил в руках упаковку. Морфий, десять ампул, сделано в США.

— Дашь ему сразу две дозы.

— Укол... — промямлил Лутц. — Не умею...

— Просто смешай с водой и дай выпить. Потом ещё одну — понял? Отец умрёт через семь часов. Заснёт и всё. Ясно?

Лутц послушно кивнул.

— А это? — Вялым жестом он ткнул в сторону набережной. — Это?

— Что это? — Крестовая королева засмеялась, втянула ноздрями воздух. — Ах это... Это — сера! Нет ничего прекрасней запаха пылающей серы! К тому же коэффициент горения вдвое выше, чем у пороха.

— Нет... Вообще...

— Ах, вообще, — она строго поджала губы. — Работа над ошибками. Исправление промахов. Искупление грехов. Выбирайте сами!

Она сделала округлый жест рукой.

— Убийство — не всегда зло. Смерть не всегда кара. Милосердие приходит в разных одеждах и под разными масками. Инстинкт против разума: человек внутри зверя или зверь внутри человека?

С той стороны реки раздался рокот. Остов кремлёвского дворца рухнул. В багровое небо взмыл столб искр.

— Упс! — Дама треф хихикнула и серьёзным тоном продолжила.

— Травма. А именно — психическая травма. Когда человек, переживший катастрофу не в состоянии жить дальше. Когда ужас пережитого слишком велик для человеческого мозга — ты просто не в силах впихнуть пережитый ад в свой череп. Что же происходит в этом случае?

— Безумие? — Лутц пожал плечами. — Сумасшествие?

— Не очень конкретно. Отчасти, верно, но важно уточнить. Инстинкт самосохранения перегорает, но он не просто исчезает — он замещается своей противоположностью. Жаждой смерти. Стремлением к разрушению и саморазрушению.

Она сделала многозначительную паузу.

— Но у нас случай особый. Нация проходит через боль, страдания, пытки и массовые убийства многие десятилетия. Каждое поколение передаёт следующему страх на генетическом уровне. Человеческая жизнь не стоит ничего, вся нация заражена жаждой смерти. Убийство, самоубийство — любая смерть, от гибели щенка до сожжённой дотла деревни, становятся банальностью и общим местом.

Вы убьёте лебедя не для того, чтобы сожрать его, а лишь потому, что он красив и бесполезен. У вас нет сострадания, вы не знаете любви. Вы терзаете своих детей, издеваетесь над ними, уверяя себя, что делаете это для их пользы. Дети ваши вырастают такими же уродами и садистами, как и вы. Какую пользу может вам принести вся мудрость человечества, выстраданная веками? Вас тошнит от красоты, собранной по крупицам гениями! Вы болтаете о величии и воле, а сами боитесь и ненавидите свободу, как худшего врага!

Она замолчала. Потом добавили с досадой:

— Всё без толку! Как о стенку горох.

Капризно дёрнула плечом, прищурилась. Повернулась в профиль, упёрла ногу в железный барьер на краю крыши. На фоне пылающего Кремля и растерзанного в клочья неба она действительно выглядела живописно. На ней были высокие ботфорты кровавого цвета — о таких Лутц мечтал в пятом классе, когда они во дворе играли в мушкетёров. Имей он тогда такие офигительные сапоги, роль д'Артаньяна была бы у него в кармане.

18

Ночь кончалась. Рассвет выдался хмурым и серым. Тусклый свет рождался из клочьев дыма, запутавшихся в жухлых липах бульваров, из обрывков ночного тумана, плывущего над Москвой-рекой. Мокрый асфальт немых площадей отражал низкое небо цвета солдатского сукна. Надежда на солнце равнялась нулю. Улицы были пусты и безмолвны. Сизый сумрак уползал в арки Покровки и Пречистинки, прятался в закоулках Замоскворечья, стекал по ступеням в чернильную Яузу. Безмолвно — ни шороха, ни шёпота. Из города пропали все звуки, город оцепенел. Город впал в кому. Ночью из Москвы улетели все птицы — сизари, галки и вороны, даже воробьи.

На Сретенке, поперёк улицы, стоял сгоревший автобус. От него остался лишь чёрный каркас.

— Не смотри! — предупредил Макс, но Лутц уже заглянул внутрь салона.

Отвернувшись, они обошли автобус. Быстро, почти бегом, свернули в арку, дворами пробрались к дому. Запах подъезда, снова ошеломил Лутца — он помнил его с детства — дух старья, сырой побелки, подгоревшей картошки — но сейчас — сейчас, среди вселенского помешательства, этот привычный запах лишь усиливал ощущение нереальности. Ощущение какой-то фантасмагории.

А вот руки, однако, не дрожат, — отметил по себя Лутц.

Замок клацнул и они вошли в прихожую.

Отец лежал на диване. Он открыл глаза. Произнёс ясно и отчётливо:

— Больно. Дышать.

Его лицо не выражало ничего, оно стало гладким как обмылок белого мыла.

— Дышать. Как... через мокрое... одеяло.

Лутц ногтями разорвал картон коробки — а вот теперь руки не просто тряслись — ходили ходуном — высыпал кукольные ампулы на скатерть стола, да, четыре и пять — шесть, Макс с хмурой готовностью принёс стакан воды.

— Две? — спросил Лутц, хотя прекрасно помнил, что две.

Стекло хрустнуло податливо и в нужном месте. Отец не мог поднять руки, не мог глотать: вдвоём с Максом им удалось кое-как посадить его, тело отца было тяжёлым и неуклюжим — как мешок с мокрым песком; Лутц держал голову за затылок, Макс мелкими дозами вливал жидкость в приоткрытый рот.

Отец закрыл глаза. Из уголка приоткрытого рта вытекла струйка слюны. Лутц осторожно вытер её большим пальцем.

— Всё? — едва слышно шепнул в затылок Макс.

Лутц отрицательно мотнул головой и одновременно пожал плечами. Отец не двигался, но что-то происходило внутри его тела: мёртвая кисть сжалась в кулак, на лбу проступила синяя жила, веки дрогнули. Глаза открылись.

— Нет, не всё! — отец произнёс строго. — Всё только начинается!

Лутц поёжился, этот тон, холодный и презрительный, он помнил с детства. Монолог смешанного жанра, когда ораторское искусство в кульминации своей завершается оплеухой. Отцовские слова эти он слышал не раз, смысл их никогда не доходил до сознания. Может, от слишком частого употребления из слов вытек смысл, осталась лишь скорлупа. Лутц родился под хруст этой скорлупы — тогда-то был лишь шорох, в детском саду хруст стал громче, а вот в школе он превратился уже в скрежет; когда их класс, вместе с тысячей других школьников, принимали в «Юные Соколы» на площади Героев, слова громыхали, будто сам

Господь Бог обращался к детям. Сегодня ночью Лутцу посчастливилось лицезреть того Бога — обгадившегося старикашку с оторванными рукавами. Лутц нащупал в кармане значок, который он похитил у мёртвого Бога. Достал — двуглавый орёл был отлит из червонного золота.

— Смотри в глаза, когда с тобой отец говорит!

Лутц вздрогнул, сжал кулак и спрятал за спину. Американский морфий действовал на умирающего русского неожиданным образом. Лутц не сильно разбирался в наркотиках, но подобный эффект присущ, скорее, кокаину. Морфий же должен...

— Смотри в глаза! — Старик уже орал. — Когда отец говорит! Ты всегда — вы все — неблагодарные мерзавцы! Мы же для вас, сволочей! Не для себя — для детей и внуков!

Старик орал и тянул шею, жилы казалось сейчас лопнут.

— Прадед твой брал Берлин, дед бил душманов, я освобождал Балтию и Украину. Традиции дедов и отцов, воинская слава, честь и доблесть русского оружия! Что это? Бессмертная память! Победы бессмертны! Отцы шагают рядом!

Он жадно вдохнул и выкрикнул диким фальцетом:

— Вечная память героям!

— Слава отцам... — Макс откликнулся инстинктивно.

— Святая миссия русского воина, — старик дёрнулся и попытался привстать. — Божий крест и разящий меч! Врагу посягнуть на самое... И никогда, слышишь, никогда...Вогнать стальной кол в чёрное сердце... Раздавить ядовитую гадину — плевок ядом — её знак! Пасть — ад! Аминь — мукир — мортан! Воля и свет! Свет и доля! Боля и зет! Кровавый враг разрыг в мортан куран — кургын бартан наран! Уран и вартан! Но кодил, кроко рако кул! Наран даган курбы баран куран!

— Что он говорит? — тихо спросил Макс. — Это по-татарски?

Отец выплёвывал странные звуки, зло, с отвращением. На губах появилась розоватая пена. Запрокидывая голову и выставляя острый кадык, который, казалось, вот-вот прорвёт бумажную кожу горла, он начал задыхаться. Лутц не смог заставить себя подойти ближе.

19

Лутц не плакал, он опустился на корточки и замер, точно ожидая чего-то. Ничего не происходило, вообще ничего. Тогда он решился и взял пальцы отца в свою руку, женская рука сына была вдвое меньше отцовской. Мёртвые пальцы были ещё тёплыми. Лутц сжал пальцы.

Отец никогда не позволил бы себе такие телячьи нежности. Лутц всхлипнул, сперва робко и застенчиво, потом громче. Через минуту он ревел в три ручья, рыдал отчаянно, по-бабьи, захлёбываясь и причитая: ему даже стало неловко, с ним такого бесстыдства раньше не случалось — никогда в жизни.

Но той жизни больше не было — она умерла вместе с отцом. Именно её — ту прошлую жизнь и оплакивал Лутц — бездарную и бессмысленную, ему бесконечно было жаль себя, того, прежнего; жаль и своего мёртвого отца, который был мёртв, сколько Лутц себя помнил; отец, который собственными руками придушил себя по примеру своего отца и сам Лутц поступил бы со своими детьми точно так же. Да и себя он уже почти придушил. Пока был молод — жаждал жить, притворялся — был изворотлив и хитёр, но с годами устал, закостенел и в конце концов сдался. Уговорить себя проще всего, аргументов достаточно. В конце концов все так живут.

— Что там? — подал голос Макс, он стоял у окна. — Что там происходит?

— Что?

— Внизу, во дворе...

Раздался стук в дверь. Строгий и угрюмый. Макс быстрым шагом отправился в прихожую. Оттуда донеслись звон цепочки, приглушённые голоса, шарканье многих ног. По скрипучему паркету застучали каблуки, дробно и вразнобой. Лутц разжал руку и отпустил мёртвые пальцы, поднялся с колен, выпрямился. В дверях показался растерянный Макс, он пытался что-то сказать, потом отступил в сторону.

Они вошли в комнату — семь или восемь женщин: чёрные и хмурые, похожие на кастильских вдов с сильными икрами в деревенских чулках телесного цвета и тупорылых ботинках на шнуровке — все в тугих косынках и платьях ниже колена из чёрной грубой шерсти; все, кроме одной, коренастой с боксёрской стрижкой — на той был чёрный мужской костюм, в таких на поминки ходят водопроводчики, великоватый и штаны гармошкой, плюс белая рубаха с отложным воротом. Женщина-боксёр несла под мышкой круглую жестяной таз, который в народе называют шайкой.

Лутца молча оттеснили в сторону, он не сопротивлялся и даже ощутил облегчение, поскольку сам понятия не имел, как быть дальше, что делать: он бы так и сидел рядом с мёртвым и держал его за пальцы. По крайней мере, так Лутцу казалось.

С деловитой наглостью городских ворон женщины взялись за дело. Одни, оголив обеденный стол — скатерть вместе с мелким хламом полетела комком в угол — раздвинули стол, превратив круг в овал. Кто-то успел расставить по полу толстые церковные свечи и зажечь. Люстру опутала паутина траурных кружев, кто-то успел завесить зеркала крепом.

Покойника раздели, теперь он лежал на столе костистый и страшный, с медными монетами в глазницах. Женщина-боксёр, уже без пиджака и с туго закатанными рукавами тесной рубашки, несла из ванной свой таз, расплёскивая по полу мыльную воду. В тазу качалась жёлтая губка. Кто-то приоткрыл крышку пианино и одним пальцем сыграл музыкальную фразу. Лутц уже слышал эту мелодию сегодня ночью.

Из кабинета притащили гроб. Он гулко стукнулся днищем о пол. Женщина-боксёр, ухватисто, как настоящий банщик, заканчивала мытьё. Она стояла в луже мыльной воды. Шея, толстая, выбритая до затылка, краснела потным глянцем. Лутц отвёл взгляд, когда она, ухватив как рыбину, намыливала губкой гениталии мертвеца. Из платяного шкафа вывалили рубахи, достали пару костюмов — лёгкий, цвета беж, и праздничный — с медалями и георгиевским крестом. Остановились на летней и голубой рубашке с пальмами. Лутц приколол к лацкану двуглавого орла. Отец был бы доволен — значок самого президента.

20

Двор был запружен людьми. Когда из подъезда вынесли покойника, толпа качнулась, подалась назад и молча расступилась. Образовался узкий коридор, в который вплыл гроб. Его несли шесть кастильских вдов с надёжными спинами в чёрных шалях. Крепкие квадратные каблуки стучали мерно и в такт. Иногда сбивались в дробную синкопу, но ритм быстро выравнивался.

Лутц пытался помочь — поднырнул плечом, но его снова отстранили — вежливо, но категорично. Теперь он шагал за гробом, руку ему сжимал Макс. Его ладошка вспотела, но Лутцу не стало противно, наоборот, влажное тепло чужого тела казалось таким живым, таким беззащитным, точно он наконец решился и раскрыл до дна душу доброму попутчику.

Процессия покинула двор, двинулась по Сретенке. Из соседних переулков в толпу втекали всё новые люди, на Садовом кольце их ожидало людское море, заполнившее магистраль аж до Курского, а, может, и до Таганки. Люди безропотно ждали, а после пристроились в хвост шествия.

Небо наливалось светом — дело шло к полудню. Муторная утренняя мгла уползала, оставляя плоские тени в нишах домов и под навесами магазинов. Пыльные фасады домов матово блестели слепыми окнами. Кое-где висели клочья транспарантов и обрывки полотнищ плакатов. С фонарных столбов исчезли все флаги.

— Ты заметил, — Макс шепнул, — нет ни одного...

— Ш-ш-ш! — Лутц сжал его ладонь.

С севера, по Дмитровскому шоссе в город входила военная колонна. Остатки группы армии Норд возвращались с Северного фронта. Пыльные и мрачные, без касок, ремней и оружия, наплевав на военный порядок, солдаты шагали вольными группами. Так сонные работницы возвращаются с ночной смены. Говорили о ерунде, хмуро шутили, переругивались лениво, но в каждом мозгу свербела одна жуткая мысль: каким образом они согласились стрелять в совершенно незнакомых людей, сжигать их деревни, взрывать города. Кто и как заставил их вытворять это? Какой кровавый безумец, какой людоед погрузил их в этот страшный гипнотический транс?

Да, и ещё — как жить дальше? И возможно ли жить дальше после того, что они совершили?

Стягивали грязные гимнастёрки, комкали и бросали тряпьё на асфальт, шагали дальше в одном исподнем, пропахшем гарью и горьким мужичьим потом. На пересечении с Садовым солдаты вливались и траурное шествие, смешивались и растворялись в женской толпе. Среди солдат тоже не осталось ни одного мужчины.

Солнце выползло в зенит и жарило во всю мощь. То ли от жары, то ли от слепящего света с городом начали твориться какие-то фокусы. Происходить что-то неладное. Лутц сперва грешил на усталость и бессонную ночь, потом на оптическую иллюзию, вроде тех, что случаются в пустыне, но когда высотные башни на Калининском проспекте одна за другой стали вдруг таять и исчезать прямо на глазах, он смирился с неожиданной реальностью и следил за дальнейшим уже без особого удивления.

Высотка на Смоленской, угрюмая и мощная, как дикий утёс, внезапно утратила устойчивость и начала распадаться, обнажая пустоту внутри и абсолютное отсутствие хоть какого-то каркаса. Более того, стало очевидно, что здание смастерили из фанеры, а после кое-как покрасили.

Триумфальная арка на Чеченском проспекте вообще оказалась вырезанной из картонного листа — лёгкий бриз подхватил её и в облаке бумажек и мелкого мусора унёс куда-то в сторону Кунцева. Другая высотка, гостиница «Донбасс», что стояла на Луганско-Донецком холме, тоже оказалась фанерным муляжом: здание плашмя шлёпнулось в Москву-реку и уплыло бы неведомо куда, не зацепись марлевой подкладкой за быки моста Героев Крыма.

Небоскрёбы Сити, впрочем, и до того не очень убедительные, рассыпались безнадёжной кучей щепы, крашеного гипса и рваных тряпок.

Последний мужчина империи плыл в сосновом гробу на плечах надёжных кастильских вдов во главе похоронной процессии. Шествие казалось бесконечным. В него включались новые участницы: женщины совсем молодые и не очень, много было женщин средних лет, были девочки-подростки, были и пожилые женщины, которых, кстати, уже никто не посмеет назвать старухами, как долго они не умудрились бы прожить.

Многие родились с женскими гениталиями, другие, как Лутц, обнаружили вагину у себя между ног, всего пару дней назад. Эти неофиты, а точнее, неофитки, ещё не освоились, их выдаёт грубоватость жестов и неуклюжесть походки, они ещё не постигли чуткую механику женской природы, щедрую изысканность женских эмоций, великодушие страстей и их звонкую палитру, да — и, конечно, утончённую роскошь женского оргазма. Сам Лутц уже в сентябре сравнит свои свежие впечатления с прошлыми: «Боже! Во мне взрывается и поёт целый симфонический оркестр — раньше там кто-то глуховатый кое как бил колотушкой в барабан».

ЭПИЛОГ

Гроб с последним мужчиной опустят в могилу. Яму зароют. Никто не поставит крест, не будет даже надгробного камня. Весной там посадят деревья и разобьют парк. Сегодня никто вам с уверенностью уже не скажет, где был похоронен последний мужчина. Некоторые утверждают, что в Сокольниках, другие — на Воробьёвых горах, есть даже мнение, что покойного сожгли, а пепел развеяли над Химкинским водохранилищем. Последнее, разумеется, абсолютная чушь.

О мужчинах постепенно забудут, забудут навсегда. Человеческая память обладает живительным свойством стирать всё ненужное, всё гадкое, всё грязное. Согласитесь, нет смысла тащить в будущее ненужную рухлядь. Фаллос станет мифом, не очень убедительным, впрочем — вроде сомнительного факта существования драконов или саблезубых тигров. В этнографических музеях можно будет увидеть древние полотна с изображением некоторых мужчин, прочитать книги и даже философские трактаты, написанные ими. К слову, последние ничего, кроме недоумения, уже не вызывают.

Рождение детей (разумеется, только девочек) станет осмысленным решением будущей мамы, вроде покупки нового дома или дачи. Медицинские подробности процесса осеменения любопытные читательницы запросто смогут найти на портале любой поликлиники в разделе «материнство».

По всему городу на месте церквей поставят фонтаны и карусели, а на месте руин главного храма воздвигнут грандиозный аквапарк с бассейном. Вход, кстати, будет бесплатным.

На живописном холме у реки разобьют парк, там поставят качели и киоски с бесплатным шампанским и мороженым двадцати семи сортов, включая «цитрус-авокадо»; через двадцать лет уже никто не вспомнит, что там, на холме, когда-то стояла какая-то крепость, окружённая стенкой из красного кирпича. А за стенкой, то ли в замке, то ли во дворце, скрывался некий всесильный правитель, которого все слушались и боялись. Причина этого страха необъяснима, но говорят, будто этот правитель приказывал всем жителям, что те должны делать, говорить и даже думать. Перед той крепостью было кладбище и площадь, на которой устраивали шествия так называемых «военных», одетых в специальные костюмы и вооружённых орудиями убийства. То есть, у этих «военных» была единственная профессия — убивать других людей. Согласитесь, поверить в такую ерунду действительно трудно.

Вермонт, июнь 2022

ЧАСТЬ ВТОРАЯ

ОСТРОВ НАЙТИНГЕЙЛ

Повесть

1

Шоссе сначала петляло, но через час вытянулось в ровную серую ленту. Солнце било прямо из зенита, пыльная трава по обочинам казалась белой. Из-за холмов выныривали домики — аккуратные и чёткие, как на немецких гравюрах. Выпрыгнул шпиль игрушечной церкви, появился и тут же исчез за чахлой рощей. Сверкнул изгиб реки с неожиданно живописным утёсом и кладбищенским крестом на самом краю. Предвкушение чуда не оправдалось: холмы вдруг присели, пейзаж стал плоским и скучным. К обочине подступили пыльные кукурузные поля.

От бесплатного кофе во рту остался привкус кислой горечи, Ольга тихо сопела, прикрыв веки. Пальцы её продолжали сжимать уродливого слоника, вырезанного из какого-то тёмного дерева. Бивни уродца были выкрашены лимонно-жёлтой краской. В сочетании с пурпурным лаком её ногтей жёлтый цвет казался визуальным оскорблением. Ольга заставила меня купить уродца — «нам нужно что-то купить, неудобно уйти просто так» — прошипела она мне в ухо.

— Почему неудобно? — громким шёпотом огрызнулся я.

Хозяйка, сухая ворона с жирно нарисованными страстными бровями, тут же налила нам кофе в бумажные стаканы. В лавке стоял густой дух старого тряпья. Тесное пространство было немилосердно забито хламом, изображавшим антиквариат: ржавые бидоны, глиняные штофы с клеймом, грязные куклы с тряпочными лицами, медные лампы, мутные портреты каких-то утопленников, детский паровоз из жести, скорпион в банке с жёлтым рассолом и целый выводок деревянных слоников. Слоны выстроились караваном на полке. Я выбрал самого маленького.

— Мамадук, — одобрительно кивнула хозяйка.

Я не понял, но расспрашивать не стал. Просто кивнул в ответ и протянул деньги.

Она аккуратно сложила купюры и сунула в ящик стола. На правой её руке вместо мизинца был обрубок, две фаланги отсутствовали, оставшаяся фаланга была зажата тугим перстнем с бирюзовым камнем. Хозяйка начала отсчитывать сдачу мелочью, я отказался и, не дожидаясь Ольги, вышел на воздух.

Дорога спустилась в низину. Откуда-то потянуло сухой тиной. Мы проехали по невысокому мосту над стоячей водой, затянутой рыжеватой ряской, похожей на ржавчину. Ольга спала, глуповато приоткрыв рот. Тогда, в мае, я видел, как на неё смотрят другие — одни с завистью, другие — с вожделением. Тогда она показалась мне счастливой и вольной, не стоило особого труда убедить себя, что она красива и, что мой зарок не связываться с русскими девицами наивен и не отличается практичностью. Правила сильны исключениями.

Тогда она много смеялась и трогала собеседника рукой — ласково, будто он ей мил. Она была жива и подвижна, чувственна и жеманна. То был лёгкий танец, соблазнительная пантомима с участием южного бриза, синих теней на белой террасе, яркого солнца в стаканах и ласкового моря на горизонте. До самого последнего момента она убедительно притворялась, что не подозревает о моём присутствии.

Тогда её волосы были короче и темнее, тугое платье — чёрное в оранжевый горох — она сняла через голову, вывернув, как перчатку; чайки орали над нами, они кружили и орали, эти странные птицы; закат не удался — солнце просто исчезло, так и не коснувшись воды; на пустой пляж опустился серый сумрак, сделав всё вокруг чёрно-белым.

Я успел заметить, что её соски были слишком маленькие, мальчишеские. Из серой мглы долетел слабый корабельный гудок, словно кто-то подул в пустую бутылку.

2

Шоссе катило вдоль приземистых кустов, потом пошли то ли камыши то ли болотная осока. Казалось, что за ними должна быть вода — озеро или река. Промелькнул жёлтый знак — треугольник с чёрным силуэтом пикирующей птицы. Я не успел сообразить, о чём меня пытались предупредить странным символом: буквально в этот момент увесистый тёмный ком хрястнул с глухим стуком в лобовое стекло. Нога инстинктивно вдавила педаль тормоза в пол. Взвизгнула резина, машину потащило юзом в сторону обочины. Ольга спросонья вцепилась мне ногтями в плечо. Я пытался вывернуть руль вправо. Под колёсами уже трещала щебёнка, машину несло. Мы вылетели на обочину и остановились на краю канавы, которая шла параллельно шоссе. Мотор заглох.

Пальцы онемели, руки продолжали сжимать руль. Во рту появился солёный привкус, я прокусил нижнюю губу до крови. Мы сидели в полной тишине с минуту, на лобовом стекле остался след, как от грязной тряпки.

— Что это… было? — шёпотом спросила Ольга.

В зеркале был виден кусок шоссе, на асфальте лежал бесформенный предмет, похожий на скомканный пиджак. Щёлкнул замок, я открыл дверь и выполз наружу. На ватных ногах обошёл машину; медленно, как под водой, пошёл в сторону серой груды. Через несколько шагов я разглядел перья на вывернутом крыле, жёлтую когтистую лапу. Подошёл ближе. На асфальте лежала птица, ястреб. Он был ещё жив.

— Орёл, — произнесла Ольга за моей спиной.

Я не стал поправлять её, я даже не слышал, как она подошла. Ястреб смотрел на меня страшным круглым жёлтым глазом с чёрной дробинкой зрачка. Вытянутая лапа с острыми когтями судорожно дёргалась — мелко и очень часто. Из приоткрытого клюва лезла розовая пена.

— Он жив... — проговорила Ольга.

— Вижу, — буркнул я.

— Надо добить.

Я повернулся к ней.

— Как? Чем?

Она не ответила. Не отрывая взгляда от птицы, Ольга подошла ближе, застыла и вдруг неожиданно резко наступила ястребу прямо на голову. Под каблуком мерзко хрустнуло. Меня чуть не вырвало, я быстро отвернулся. Небо стало белёсым, над камышами носились стрекозы, в серой траве у дороги трещали кузнечики.

— Поехали... — Ольга гадливо шаркала подошвой об асфальт. На ней были чёрные остроносые сапоги с наборным скошенным каблуком. Крепкая буйволиная кожа из Аргентины. Эти сапоги мы покупали в Челси пару месяцев назад в лавке, торгующей всяким ковбойским барахлом. Там мы мерили шляпы, дурачились и смеялись, я тогда чуть было не купил белый широкополый «стетсон», который делал меня похожим на положительного шерифа из скверного вестерна.

Стараясь не смотреть на птицу, я побрёл к машине. Ольга вполголоса выругалась.

— Вот дрянь... — пробормотала она мне в спину.

Я не стал уточнять кого она имеет в виду. Странно, что какие-то неприятные решения долго откладываются, а потом принимаются как бы вдруг, причём принимаются уверенно и бесповоротно.

— Знаешь что...

Я остановился и повернулся к Ольге, она уже подходила к машине со своей стороны.

— Ну? — она выставила подбородок. — Говори — ну же!

Её тон, злой и азартный, смутил меня, стальная решимость куда-то испарилась; я закашлялся, прикрывая рот кулаком, потом что-то промямлил, она всё это время смотрела мне в глаза — зло и насмешливо, будто точно знала, что я собирался произнести и точно была уверена, что ничего у меня получится. Знала — я буду блеять и мычать, но ничего не скажу.

Мы сели, я потянулся к ключу зажигания, Ольга быстро перехватила мою руку, сжала.

— Погоди... — сказала вполголоса, наклонилась и подалась ко мне.

Я старался не смотреть ей в лицо, опустил глаза и упёрся взглядом в ключицу. Вырез летнего платья, деревенского, в линялые цветочки, раскрылся. Лифчика под платьем не было. Я сухо сглотнул, страшно хотелось пить.

— Ну...

Её цепкие пальцы, почему-то очень холодные, крепко сжимали моё запястье.

— Посмотри на меня, — строго прошептала она.

Медленно положила мою ладонь себе на колено.

— Ты же знаешь, что так поступать нельзя. Знаешь же, — она произносила каждое слово вкрадчиво и тихо. — Я хочу тебе помочь, а ты делаешь только хуже. Инстинктивно делаешь — я понимаю. Твоя сестра...

— Кузина... — вяло возразил я.

— ... Двоюродная сестра, — продолжила она с мягким нажимом, в её голосе появилась усмешка — так люди говорят, когда улыбаются, только Ольга вовсе не улыбалась. — Твоя сестра виновата, а не ты. И уж тем более не я. Поэтому не надо делать больно мне. Или себе. Ты же понимаешь, милый?

Она прижала мою ладонь своей. Другой рукой, лениво скомкав подол платья, начала неторопливо обнажать ноги. Лёгкая материя выскользнула из-под моей ладони. Происходящее напоминало сеанс гипноза. Ольга продолжала вкрадчиво произносить какие-то слова, смысл которых постепенно перестал доходить до меня. Злость сменилась тупой похотью, ненависть растаяла, от решимости не осталось и следа. Сознание, подсознание и всё моё существо переместилось в ладонь.

Ведомая её рукой, моя ладонь путешествовала уже по ляжке. Мизинец почувствовал жаркий пульс, упругий и ровный. Ольга перестала говорить, дыхание стало прерывистым, будто её трясло от холода. Она медленно развела ноги. Мои алчущие пальцы коснулись горячего и влажного. Ольга вздрогнула и вжалась в кресло. Последней мыслью был восторженный факт отсутствия не только лифчика, но и трусов. Сознание захлебнулось похотью, буйная кровь колотила в виски, я закрыл глаза: истекающие страстью ангелы блаженно гибли в лимонно-розовом закате. Жадными губами потянулся к её лицу.

— Погоди-погоди... — жарко выдохнула она. — Не тут. На воздух пошли...

3

Скажу банальность — обычные дни похожи один на другой, как речная галька. День моего пятнадцатилетия выдался особенным: похороны отца, алкогольное отравление, потеря невинности и инцест удалось впихнуть в двадцать четыре часа.

Намертво отпечаталось в памяти вот что: незнакомый троюродный дядя из Барнаула называет меня почему-то Жекой и больно тискает за плечо своей грубой рукой с синей наколкой; в разгар поминок он поволок меня за собой в ванну, там заставил курить его папиросы и пить водку за упокой души; мы сидим на ледяном кафеле, я неумело курю, стараясь не вдыхать кислый дым, разглядываю незатейливые черты крестьянского лица, пытаясь уловить хоть какое-то сходство с покойным; безымянный дядя пьёт рюмочку одну за другой совершенно не пьянея, ловко чиркает спичкой и прикуривает щуря глаз, приобняв унитаз, он с вальяжностью принца крови стряхивает туда пепел, его жиганские ухватки начинают мне даже нравиться, я беспомощно расплываюсь в глупой улыбке.

От безжалостно белого света и белого кафеля режет глаза, пол начинает ползти куда-то вбок — это удивительно, смешно и немного страшно: никогда в жизни я не пил водки — мне позволялось на праздник рюмка кагора или глоток шампанского под бой курантов — вместе с полом начинает ползти и ванная, и раковина, и даже дядя с унитазом. Дядино лицо приобретает гордую величавость, оно набухает алым, сквозь дядю проступают кафельные квадраты стены. Это невыносимо забавно. Зыбкое веселье сменяется блаженством, блаженство тихо перетекает в беспросветную тоску. Мне хочется плакать, меня начинает мутить.

Дальнейшее сумбурно и фрагментарно: белый свет — такой страшный, такой безнадёжный. Меня тошнит, чудовищно выворачивает наизнанку. Я абсолютно уверен, что умираю. Потом — темнота. Темнота густая и тягучая. Из черноты проступает окно — я узнаю свою комнату. В углу окна восковая луна, мертвенно спокойная; распахнутое небо с неподвижными облаками, похожими на слои папиросной бумаги. Всё вокруг, даже мои руки, имеет пыльный желтоватый оттенок. Я разглядываю свои пальцы, будто вижу впервые. Перевожу взгляд на серую стену, потом на пол. На полу, в лунном прямоугольнике с чёрным крестом оконной рамы, лежит тело. Завёрнутое в саван человеческое тело лежит рядом с диван-кроватью. Обмираю и холодею. Осторожно вытянув шею, вглядываюсь в лицо, на лицо падает серая тень от стола; моя фантазия дорисовывает черепные дыры глаз и жадный оскал — точь-в-точь как на средневековых гравюрах, где костлявые мертвяки тащат ещё живых бюргеров в свои разрытые могилы. Саван начинает шевелиться, я вдавливаю затылок в подушку и прикидываюсь спящим. Из-под савана высовывается вполне человеческая коленка, тело приподнимается, голова из тени перемещается в лунный свет и оказывается моей кузиной.

— Ты спишь? — громким шёпотом спрашивает кузина.

— Да! — тоже шёпотом отвечаю я.

Кузина на четыре года старше, живёт она под Одессой, после пятого класса меня как-то сослали туда на всё лето; в лопухах за кукурузным полем кузина учила меня целоваться взасос, от неё пахло какой-то деревенской горечью, то ли копотью, то ли гарью — у них так во всех комнатах пахло; мне было душно, но я смиренно терпел и запах, и шумное сопение, и её мокрый рот. Уже тогда кузина, по-деревенски крепкая и мускулистая бабёшка, запросто могла отвесить мне хлёсткого леща, признаться, я даже чуть побаивался её, но несомненно главным вознаграждением был бесценный опыт, которым впоследствии я мог бесстыже хвастаться в школе и во дворе. Тогда кузину звали Веркой, сейчас к ней обращались Вероника, на кладбище она показалась мне почти красивой, совсем взрослой женщиной.

— Подвинься, — она пихнула меня и залезла под одеяло. — Ну и сквозняки у вас, ребята, я там чуть дуба не дала.

Я лёг на бок и уткнулся в стенку. Верка, хозяйской рукой обхватив за плечо, прижалась к моей спине. Целую вечность мы лежали молча.

— Забавно, — прошептала она. — Такой пацанёнок был… там, в лопухах. Теперь мужичок… почти настоящий. И красивый…

Её ладонь легла мне на грудь, потом сползла ниже. Верка шумно вдохнула, её лобок твёрдо упёрся мне в ягодицы. Я перестал дышать. Возникло ощущение потерянности, такое появляется под звёздным небом в открытом поле, когда ты перестаёшь быть центром мироустройства, а понимаешь вдруг — нет, не понимаешь, а ощущаешь всем существом свою личную мизерность и неважность.

Пальцы кузины сонно блуждали под моей майкой, рисовали спирали вокруг пупка, невзначай соскальзывая под резинку трусов, выбирались обратно и соскальзывали снова. Сладострастная пытка продолжалась бесконечно. Сначала мне казалось, что я взорвусь, моё бедное сердце грохотало на всю Красную Пресню — должно быть я разбудил даже слона в зоопарке.

Постепенно я впал в транс, похожий на горячечный бред — у меня такое было, когда болел коклюшем. В жаркой черноте набухали красные шары, они кружились и беззвучно лопались. Выплывали мокрые кладбищенские кресты, некрасивые венки с жуткими лентами, груда сырой глины на краю могилы; неожиданно я понял, что не очень любил отца — он был странным и чужим человеком, откровение это показалось стыдным, но разве правда может быть стыдной — она ведь правда и ничего с этим не поделать.

Теперь я лежал лицом к Верке, она вытянулась, из расстёгнутого выреза ночной рубахи вывалилась крупная бледная грудь. Указательным пальцем я тронул сосок, он был твёрдым и сморщенным, как персиковая косточка. Верка взяла сосок пальцами, помяла его. Подавшись вперёд, она приблизила грудь к моим губам.

— Ну... давай! — сдавленно прошептала. — Ну!

Взяв сосок губами, я почувствовал, как Верка вздрогнула, её пальцы сжимали мой затылок, другой рукой она торопливо начала стягивать с меня трусы. Она всё сделала сама. Сделала с молниеносной быстротой — или мне так тогда показалось.

4

Слава богу я не успел выйти из машины — лишь приоткрыл дверь. Мимо нас с рёвом пронеслась фура. Грузовик промчался на расстоянии вытянутой руки, обдав меня пыльным жаром и дизельной вонью. Наш пикап даже качнуло. Оцепенев, я проводил взглядом автофургон, который мгновенье назад чуть не стал причиной моей страшной, но, очевидно, моментальной смерти. Испугаться я не успел, лишь спустя минуту в меня начал вползать холодный ужас. Стиснув под рулём ладони, я продолжал глазеть в абсолютно пустое, уходящее за горизонт, шоссе. Идеальная иллюстрация к геометрическим законам перспективы — все линии действительно сходились в одной точке.

Ольга тронула меня за рукав. Я вздрогнул — я забыл о её существовании.

— Ты как? — осторожно спросила она.

Не поворачиваясь к ней, я пожал плечами. Вместе со страхом — в сознании услужливо возник мой изуродованный труп, лежащий на обочине, — в мозгу родился вопрос, за ним цепочкой потянулся другой и третий.

— Почему? — вслух произнёс я. — Как? В чём смысл?

— Смысл чего?

— Этого... — не очень вразумительно ответил я. — Всего... Если бы мы не остановились тут...

— Птица... Из-за птицы...

— Нет-нет... До птицы была антикварная лавка — зачем? Почему? Ведь если существует какая-то логика, а она просто не может не существовать, посмотри вокруг — всё-всё-всё чётко подчинено законам!

Я начал горячиться.

— Вот, — ткнул рукой вперёд, — перспектива! Законы геометрии! Или — вот: тяготение! Физика же — всё чётко, строго и ясно! Арифметика-математика! Химия, мать её! Ведь если в бутылку с карбидом налить воды и заткнуть пробкой...

Я уже кричал, размахивал руками, скорее всего, у меня была какая-то посттравматическая реакция, которая тоже вполне логически объяснялась с точки зрения химии и психологии, и которая в народе называется простым и ясным словом «истерика».

Ольга настороженно наблюдала за мной, она незаметно отодвинулась к двери, подальше от моих размашистых жестов. Да, похоже, у меня была истерика. Слова и целые фразы вылетали из меня безо всякого ведома, порой я даже не понимал, о чём я говорю. Должно быть примерно так люди сходят с ума: «сходят» — тут ключевое слово. Ты выходишь из зоны здравого смысла и не можешь вернуться назад. Ты блуждаешь вокруг своего ума, но дверь закрыта, ключ потерян и там — внутри — уже хозяйничает чужак. Дикий и бессовестный безумец.

— Ведь если выстраивать логическую цепочку происшествий, — я азартно бил кулаком в ладонь, — то начало было положено остановкой, да-да, абсолютно спонтанной остановкой в антикварной лавке! Зачем? Почему? Чтобы купить это?

Деревянный слоник лежал на коврике под ногами Ольги. Я схватил уродца, приоткрыл дверь и выкинул на шоссе. Ольга наблюдала за мной сначала с изумлением, после с испугом — сейчас её лицо выражало брезгливость.

— Зря ты...

— Зря? — взорвался я. — От смерти на волосок! До тебя вообще не доходит? От смерти! На миллиметр! Что зря?

— Не хотела говорить... — начала Ольга, — старуха в той лавке, когда ты вышел, она мне сказала... про птицу.

— Бред! — заорал я. — Дичь! Боже, какая дичь!

Сдавил ладонями голову, она была готова взорваться. В ушах гремел гром. Кровь колотила в виски. «Вот сейчас тебя хватит удар, — произнёс кто-то ехидный в моей голове, — инсульт-инфаркт или что ещё там». Кстати, если уж соединять звенья логической цепочки, — добавил тот же голос, — то имеет смысл начинать всё-таки с конца, мой милый. Так будет понятней, да и попроще. Закономерность между последствием и причиной существует всегда, просто мы слишком глупы или трусливы, чтобы проследить связь. Вспомни-ка, что предшествовало появлению грузовика — а?

На секунду я остолбенел, ужас ледяными мурашками пробежался от пяток до макушки и застрял где-то в районе затылка. Кожу на затылке стянуло.

— Ты?

— Что? — Ольга сладко ухмыльнулась, как воровка. — Что я?

Точно с птичьей высоты мне вдруг открылась панорама нашего знакомства — все пять месяцев: не линейно, день за днём, а сразу — мозаичной картиной или, вернее сказать, коллажем. Неискренность поцелуев и, конечно, лицемерие соитий, что с наивной готовностью принимались за усталость, за целомудрие, даже, чёрт возьми, за скромность. Те холодные пальцы и деревянные позы, а уж стоны — стоны те можно вообще как хочешь интерпретировать: хочешь — страсть, хочешь — мука. А с какой гробовой скукой её ноготь царапал скатерть в итальянской харчевне. Скатерть в хлебных крошках, липкий фужер с кровавой каймой жирной помады. Знаки, знаки, знаки — они повсюду! Они кричат в голос — орут! Только слепец или дурак пропустит их. Вот ещё и ещё: поздние такси, с вонью фальшивых яблок, скучный разговор без смысла, без начала и конца. Унылые прогулки по аллеям, шум города сквозь ветки и листья, рыжие огни в окнах — чужое счастье. Тоска и зависть. А труп жуткой рыбины, что выбросило прибоем на закате — рыбины с лицом младенца; её вздутый пузырём труп выбросило прибоем, когда мы шли по мокрому песку, упругому как тартан беговой дорожки. Солнце только село, всё небо вдруг окрасилось жёлто-лимонным цветом, холодным и неживым, как свет в морге. В бесконечном коридоре — там такой свет, по коридору можно идти три жизни, и он не кончится никогда. Пытка вечностью — самая жестокая, если кто ещё не догадался. Мою мать пришлось опознавать мне — кому ещё? Пока меня везли менты туда я молил бога, чтоб он убил меня на месте — прямо в этой засаленной «волге», с вонью пота и окурков и после, в бесконечном коридоре — там такой свет. Но Бог умер, а остальным на нас просто плевать.

— Что я? — переспросила Ольга.

Взгляд её стал стеклянным, точно в уме она пыталась перемножить трёхзначные числа, а плавная рука змеиным жестом потянулась к рулю. Сообразить я не успел, она стремительно выдернула ключ из замка зажигания — цап! — и зажала ключ в кулаке.

— Ты что? — я попытался схватить её руку.

Она вырвалась. На её лице от ухмылки осталась гримаса. Ольга распахнула дверь и выскочила на обочину. Я видел, как она размахнулась. До меня дошло, что сейчас произойдёт.

— Не смей! — заорал я. — Чокнутая!

Выпрыгнул из машины. Подбежал к Ольге. Она растопырила пустые ладони и зло рассмеялась. Чтобы не ударить в лицо, я схватил её за запястья.

— Ключ! — гаркнул. — Где ключ?

Она вырвалась, оттолкнула меня.

— Ищи, — выставила руку в сторону камышей. — Ищи!

Заросли камышей подступали к шоссе почти вплотную. Высокие, выше человеческого роста, они напоминали кукурузное поле, зелёное и бесконечное. Я перепрыгнул через неглубокую канаву и, раздвинув стебли руками, шагнул в заросли.

— Чокнутая, — повторил я, оглянувшись. — Вот ведь чокнутая баба!

Ольга, скрестив на груди руки, скалилась крупными белыми зубами. Зубы наверняка тоже были фальшивыми.

— Вот сука... — пробормотал я и, стараясь не думать о змеях и болоте, углубился в камыши.

Вопреки опасениям, земля под ногами оказалась вполне сухой. Змеи тоже пока не показывались. При всём желании, ключи она не могла забросить далеко, метров на двадцать пять, ну тридцать максимум. На кольце с ключами был ещё и брелок — серебряный доллар с профилем Линкольна, большая монета, блестящая, не заметить такую может только слепой. Я снова оглянулся, но ни шоссе, ни машины видно уже не было.

Аккуратно ступая, я подобно пловцу, раздвигал ладонями упругие стебли и медленно продвигался вперёд. Делал шаг и педантично оглядывал землю вокруг. Заросли становились гуще, потянуло прелой сыростью, такой сладковатый, почти кладбищенский душок, от которого меня чуть замутило. Зачем-то понюхал пальцы. Под ногой хрустнуло, нагнулся, там, среди сухих листьев белела кость, похожая на куриную, только крупней. Вспомнил, как Ольга раздавила голову птице.

— Вот ведь мерзость, — пробормотал и сплюнул.

Я почти успокоился. Осталось отвращение — гадкий осадок, и ещё досада, что не закончил с ней раньше, что сам себя уговорил на эту идиотскую поездку. Если уж быть до конца откровенным — а как иначе — так вот, если уж начистоту, то с самого начала ничего, кроме похоти в нашей связи и не было. По крайней мере, с моей стороны. Промежутки между соитиями виделись мне чем-то вроде антрактов, смертельно нудных и пресных, которые нужно было заполнить неким действом: томительными прогулками и сидением в ресторанах, скучными беседами на никчёмные темы — господи, какое же это было уныние! — точно летнее солнце ушло за фабричную трубу. Ольга своим кошачьим нутром птицелова безошибочно чуяла падение градуса моего либидо; стоило мне начать кукситься, она тут же применяла ловкий приём из набора своих эротических хитростей. Арсенал там убогонький, масок и ролей — чиж начирикал: блудливая монашка, похотливая целка-школьница, сладострастная шлюха. Иногда появлялась греческая рабыня с мальчишеской грудью или крепенькая танцовщица из бродячей труппы. Домашняя самодеятельность, дилетантщина в чистом виде! Но при всей простоте уловок, а, вполне возможно, именно из-за их простоты, они — эти нехитрые трюки — действовали вполне эффективно. Сексуальное устройство мужчин, увы, элементарно. «Вы примитивны», — проворковала как-то Ольга, покуривая на моём плече после оргазма, — «мужчина не в состоянии совмещать еблю ни с чем: как только мужчина начинает говорить или даже думать, он тут же теряет эрекцию». Сама Ольга, отдаваясь мне, запросто могла говорить по телефону, грызть яблоко и курить сигарету.

Камыши теперь росли гуще, впереди что-то блеснуло. Я рванулся туда, именно в этот момент от шоссе послышался звук автомобильного клаксона. Я застыл.

Сигнал прозвучал ещё раз, и ещё, — последний гудок был долгим и наглым.

— Вот дрянь, — выругался я, — какого чёрта...

Договорить я не успел: ещё один хамский сигнал и до моего слуха долетел совершенно отчётливый звук стартёра. Мотор взревел, точно на старте автомобильных гонок. Мерзко взвизгнула резина, машина сорвалась с места, рёв двигателя стал удаляться. Я бросился в сторону шоссе.

Нёсся напролом, круша камыши; острые листья хлестали по лицу, жгли руки. Споткнулся, зацепившись за какой-то корень ногой — грохнулся. Растянулся во весь рост, больно ударил колено. Вскочил, матерясь, потирая ушиб и прихрамывая, побежал дальше. Шоссе не появлялось. Дорога была где-то рядом, но её не было. Я перешёл на шаг, потом остановился. Огляделся — вокруг зелёной стеной высились заросли камышей. Прислушался — над головой в белёсом небе посвистывали беспечные пташки. Эхо ревущего мотора превратилось в комариный звон, сиротливый звук вытянулся тонкой нитью и теперь тихо умирал где-то в соседней галактике. Вскоре растаял и он.

Сел на землю и задрал штанину, ссадина на колене выглядела не смертельно. Плюнув на пальцы, стёр кровь.

— Вот сволочь...

Но как ей удалось завести машину? В фильмах ловкие ребята запросто соединяют какие-то контакты, выдрав пучок проводов из-под руля, быстро-просто, раз — и готово. Не уверен, что Ольга обладала такими талантами. Но как ещё можно завести мотор без ключа? Я же своими глазами видел, как она...

— Кретин! — догадка поразила своей простотой. — Идиот! Какой же ты болван!

Сколько раз я видел этот трюк в парке, где на широкой поляне мы выгуливали Боню, ольгиного пса, странную помесь пуделя с лайкой. Ольга бросала резиновый мячик — собака стрелой неслась за ним. Пёс возвращался к хозяйке, та поощрительно трепала его за ушами, брала обслюнявленный мяч и, сильно размахнувшись, опять пуляла мячик вдаль. Так повторялось снова и снова. Лимонного цвета мяч взмывал в небо, собака кувырком неслась по лугу. Хозяйка замахивалась — пёс следил за рукой — и срывался с места. Для Бони главным фактом броска был не летящий над лужайкой мяч, а жест хозяйки. Ольга могла просто замахнуться, и доверчивый пёс уже нёсся к несуществующей цели. После бесполезного рыскания в траве собака смущённо возвращалась. Мы смеялись над глупой наивностью доверчивого пса. А пёс, скорее всего, не мог вообразить, что его хозяйка — обожаемая богиня — может обмануть преданного друга таким странным и нелепым образом.

В отличие от Бони моё мнение о его хозяйке было не столь высоким. Но я, как и он, оказался доверчивым простаком, которого одурачили незатейливым трюком.

Ссадина на колене продолжала кровить, птахи в небе щебетать. Я поднялся с земли и огляделся. Примятые камыши распрямились, теперь трудно было определить, откуда я прибежал в эту точку. Сверху тоже было неладно: небо затянуло сизым маревом, становилось душно. Я плюнул на ладони, вытер их о джинсы. Так, давай по порядку. Там, на шоссе, солнце светило справа — да, точно, — ещё и поэтому я толком не мог разглядеть летящих ключей. Не говоря о том, что она их не бросала.

Я задрал голову. Понять, где находится солнце сейчас, было невозможно. Небо казалось шероховатым, напоминало кое-как белёный потолок, оно будто просело и приблизилось к земле. Не облака, ровная серая пелена растекалась от края и до края. И свет оттуда шёл желтовато-сизый, какой-то пыльный, как перед бурей. Я раздвинул камыши руками и пошёл наугад. Старался идти по прямой. Камыши не могли тянуться вечно. Главное — не ходить кругами. Минут пятнадцать-двадцать, и я выйду на шоссе. Или куда-нибудь ещё.

На колене кровь проступила сквозь штанину чёрным пятном. Я выругался вполголоса, но останавливаться не стал. Плевать, ничего страшного там нет, обычная ссадина. Я шагал размеренно, как ходят опытные туристы. Экономно и ритмично. Глубокий вдох и долгий выдох. Голова чуть болела и казалась тяжёлой, будто была набита мокрой ватой. Мысли обрывались и путались в невнятный клубок. Думалось обо всём сразу и ни о чём конкретно. Вопросы всплывали пузырями и лопались, не дождавшись ответов. Зачем она так поступила? Чокнутая дура — ответ хоть и привлекательный, но совсем неудовлетворительный. Почему? «Чокнутую дуру» не предлагать. Это был импульс или план от начала до конца? И если план, то где его начало?

Я продолжал упрямо шагать вперёд. Камыши не кончались. Возникло чувство лёгкого абсурда: такое появляется, когда гребёшь против течения — уключины поют смазанной сталью, вёсла дружно работают в такт, река бурлит и мощно уносится назад — вполне убедительное ощущение движения. Но лишь до случайного взгляда на неподвижный берег.

А вдруг я брожу по кругу? Надо было засечь время. Вскинул руку — стрелки часов показывали без пяти два, что показалось мне странным — я был уверен, что сейчас уже около четырёх. Ну или три с копейками. По макушкам камышей пробежал ветер, шелест и шорох слились в тихий шёпот. Шуршащая волна прокатилась над головой и унеслась дальше. Стало тихо, теперь не было слышно даже птиц. Я оглянулся. Откуда я пришёл? Оттуда или отсюда? Зачем я остановился? Да — время. Я поднял руку и посмотрел на часы — они упрямо показывали без пяти два.

5

Если без пафоса, то смерть — самая банальная штука на свете. Смерть гарантирована на сто процентов и вся история цивилизации тому несокрушимое подтверждение. Я не стану рассказывать, как это случается. Процесс перехода не так уж важен — точнее, совсем не важен.

Причиной смерти могли стать грибы. Мы их видели на опушке соснового леса каждое лето, такие крепкие боровики, замшевые шляпки в траве; тогда ты ещё сказал, что они один-в-один похожи на «порчини» с парижского рынка на Сен-Жермен — по тридцать евро за кило. Тридцать евро — приличные деньги и этот факт должен был насторожить нас. Вполне возможно, мы приготовили грибы жюльен, запекли отраву со сметаной и луком в стальных кокотницах, а после посыпали мелко нарезанным укропом — вполне возможно.

Или мы умерли от смеха. Звучит нелепо, но такое случается гораздо чаще, чем вам кажется.

Или нас укусила змея, когда мы дремали на лугу после соития, вялые и невесомые, в зыбких кружевах июньской тени, которую после полудня отбрасывает старая корявая яблоня. Яблоки на ней мелкие и кислые, совсем не райские, зато по весне уродливое дерево внезапно превращается в розовое облако. Ради такого чуда стоит жить. Ради такого чуда не жалко умереть. К слову, ядовитых змей в наших местах нет.

6

Пульс стучал в висках, я шагал в такт пульсу. Теперь я считал шаги. Тысяча шагов — пятьсот метров, ещё тысяча — километр. Почва под ногами приятно пружинила, как тартан на беговой дорожке, земля казалась чуть влажной, сквозь опавшие листья камыша пробивались зелёные стрелки травы. Я остановился перевести дыхание. Часы показывали без пяти два. Я расстегнул браслет и с размаху пульнул часы в небо. Проследил взглядом траекторию полёта. Поступок был глупый, но доставил мне злорадное удовольствие. Заметно стемнело. Желтоватое небо опустилось ещё ниже, теперь оно стало матовым, как пыльный плафон молочного стекла. От мутного жёлтого света камыши приобрели охристый оттенок, точно пожухли. Я посмотрел на ладони. Кожа была серой с лимонным оттенком. Лет пять назад по дороге в Вирджинию я остановился пообедать в маленьком городке, то ли Вудбридж, то ли Олдбридж — не важно; короче, я припарковался на одной из тенистых улочек и отправился искать, где бы перекусить. Через час, вернувшись (как мне казалось) на то же место, я не нашёл ни только моей машины, я не обнаружил улицы. Вернее, улица была, но не совсем та. Машины тоже стояли у тротуара, но моей среди них не было. Была старая кривая липа, был чугунный фонарь с претензией на историческую значимость, даже ирландская пивнушка с красной дверью и чёрными ставнями на низких окнах — я чётко помнил все эти мелочи. Обескураживающее ощущение абсурда производило эффект чуда. Чуда со знаком минус. Следующие два часа я бесплодно рыскал по округе, постепенно погружаясь в состояние паранойи. Машина невинно материализовалась на одной из соседних улиц, по которой я пробегал раза три как минимум.

Ни липы, ни пивнушки, ни даже фонаря рядом не было и в помине.

Порыв ветра пронёсся по макушкам камышей, шумной и упругой волной он прокатился прямо над головой. Я вытянул вверх руку, ладонь ощутила холодный поток воздуха. Ниже, в зарослях, стоял полный штиль и ветер не чувствовался вовсе.

И тут я услышал голос. Он донёсся сквозь шелест камыша, будто родился из этого шороха. Я оглянулся — никого. Нагнулся, даже присел, стараясь разглядеть получше сквозь заросли. Ничего, кроме стеблей и листьев. Почудилось? Голос прозвучал снова, теперь совсем близко. Точно кто-то громким шёпотом произнёс за моей спиной одно слово. Слово прозвучало ясно, слово было «Найтингейл».

7

Звали её Марьяна, фамилия была Синицына с буквой «ы» после «ц», вопреки правилам и исключениям: цыц, цыган, на цыпочках. Мне она казалась, если не старухой, то безнадёжно взрослой тёткой, некрасивой, в черепаховых очках, к тому же слегка припадающей на одну ногу — левую. Шерстяное самодельное платье толстой вязки болотных цветов с вкраплением рыжих нюансов, похожих на пятна ржавчины, на лице тень трагедии несбывшихся оргазмов, плоский затылок с тугой вдовьей дулей серых волос; говорили, что она рано потеряла мужа, то ли пограничника, то ли подводника, — на нашем факультете Синицына заведовала кладовой при кафедре рисунка и живописи. Кладовку называли выспренным словом «запасник».

Запасник располагалась в подвале, который, судя по пудовым дверям с мощными запорами, мог запросто выдержать налёт вражеской авиации или ядерный удар средней силы. Помещение напоминало смесь жилища Минотавра с пещерной разбойников из арабской сказки про Алладина. Лабиринт казематов, тесные коридоры со сводчатыми потолками, в потолке слепые тюремные лампы жёлтого света: на грубо сколоченных полках теснились гипсовые головы римских императоров и греческих философов, тут же пылились коринфские, ионические и дорические капители, из темноты выглядывал гигантский нос Давида в натуральную микеланджелову величину, в потёмках белели черепа и кости фальшивых скелетов, анатомические модели строения мускулов и связок тела, отлитые из гипса и убедительно покрашенные в мясной цвет. По соседству чутко дремали чучела зверей и птиц с трагичными лицами и безумным выражением стеклянных глаз — пыльная и изрядно побитая молью фауна.

Ещё одна комната была до потолка заставлена кувшинами, самоварами, цыганскими подносами, расписными блюдами и прочим хламом, из которого составляют унылые натюрморты для второго курса. На ржавых гвоздях висели драпировки на любой вкус — восточный узор, пыльный бархат и мерцающая парча, крестьянская мешковина. Коробки из-под болгарского рислинга и крымского вина «Южная ночь» были набиты восковыми муляжами яблок, груш, кабачков, арбузов и другими фальшивыми овощами и фруктами.

Дальний конец каземата напоминал гардеробную старьёвщика, тут на крючках и вешалках болтались гоголевские шинели без пуговиц, мундиры невнятных армий, гусарские ментики и поповские рясы, порыжевшие от времени и пыли, неопрятно топорщились кружевные воротники, торчали тощие перья из шляп разных времён и фасонов. В этот маскарадный хлам обряжали наших натурщиков.

Дальние комнаты запасника тонули во мраке и хаосе, там пылились лучшие дипломные работы выпускников факультета: холсты с пейзажами, натюрмортами и портретами, ватманские листы на подрамниках с лихими рисунками углём, сангиной и карандашом; первоначальный порядок — стеллажи с алфавитной структурой, иерархия по материалам и техникам исполнения, — с течением времени оказались погребены под варварским кавардаком: последние десятилетия работы тут сваливались как помоечный хлам, закидывались под самый потолок, — впихивались, втискивались и заталкивались.

Как всё началось, помню до мелочей, вплоть до запахов, но детальная реконструкция событий будет пыткой — для этого нужно пройти сквозь такую толщу боли, что я не решусь погрузиться туда и спустя много лет.

Закончилась зимняя сессия, экзамены и зачёты сдал на автопилоте, да и в целом я наблюдал за течением моей жизни как бы со стороны, будто, покинув тело, на цыпочках сижу-хожу тут же рядом хрупким и невидимым призраком. Учёба отвлекала и симулировала обыденность. Сложнее было имитировать естественность приятельских отношений. Тут требовалась мимикрия и воля. Я видел себя со стороны — мучительно бездарное актёрство не убеждало даже меня.

Ужаснее всего было возвращение в пустой дом — нет, не пустой, квартира под завязку была залита густым чёрным страхом. Я часами бродил по округе, месил снежную московскую кашу пудовыми сапогами, бродил по скорбной Солянке, поднимался по скользкой брусчатке к промокшими насквозь бульварам, вздрагивал от нервного звона заплутавших в потёмках трамваев. Из окон тёк жёлтый яд по грязным сугробам. К седым стенам жались скорбные изгои и горбатые старухи, на Чистых прудах таял серый лёд, по грязным лужам бродили злые голуби, на скамейках окрестные алкаши с медными ликами ацтеков глотали отраву из гигантских бутылок малахитового стекла.

Спасенья не ожидалось. Бога распяли и он не воскрес. Я бы с радостью удавился, но у меня не хватало воли, чтобы вставить ключ в замочную скважину — какие уж тут манипуляции с хитрыми верёвочными петлями. Я мечтал исчезнуть — растаять, как снег на коврике в прихожей, стать лужицей талой воды, что высохнет без следа ещё до рассвета.

Но на рассвете был институт, рисование и живопись, некрасивые натурщицы с бледными отвислыми ягодицами и жилистыми руками торговок, мёртвый свет софитов и шорох графита по ватману. В перерывах настырные приятели и подруги — вопросы, подначки, приколы — моё лицо начинало ныть от гримас. Хотелось натянуть шапку по губ. Мысленно умолял их заткнуться, замолчать хоть на минуту. Но им, юным и талантливым, к тому же подающим большие надежды, молчание было чуждо. В один из таких дней я и очутился в подвале. Я шёл на звук. Не песня и даже не мелодия, подобные протяжные и унылые звуки издают киты. Дверь в запасник была приоткрыта, оттуда тянуло сладким тряпичным тленом, густо пахло старьём, сухим деревом и старой мастикой — совсем как в антикварном магазине. По низкому потолку бродила горбатая тень, она меланхолично качалась в такт звукам, она топырила пальцы гигантских рук и делала смутно гавайские жесты. Я подошёл ближе и заглянул.

Синицына не смутилась, она жестом плавной ладони поманила меня. На ней была траурно бордовая шаль с кистями до самого пола, на голове — шляпа с лысоватым павлиньим пером. Не прерывая странного пения и покачивая грузными бёдрами, она прошаркала ко мне и протянула руки.

Терять мне особо было нечего. Я взял её ладони в свои и подключился к танцу. Синицына щурилась, она глядела мне в глаза и улыбалась как воровка. Её дыхание, по-детски невинно пряное, почти конфетное, и одновременно хмельное, и порочное, будило воспоминания о море, кипарисах и крымских цикадах — на столе мерцала почти допитая бутылка «Южной ночи». Трудно было понять, чьи ладони потеют сильней — её или мои, она притянула меня к себе, приоткрыла мокрые губы и прошептала горячим воздухом одно слово:

— Найтингейл...

8

Найтингейл — это остров по имени Найтингейл, не остров даже — скала, торчащая посередине океана, одинокий утёс, как из старой русской песни, и вокруг лишь волны, а сверху огромное разодранное небо с лохматыми тучами, кувырком летящими с севера на юг, и в том же направлении движутся стаи перелётных птиц, стаи в виде клина или каравана или простой цепочки и если есть там промежуток малый, то это место не только для меня, но и для тебя — хотя, какой из тебя лебедь, милый мой, ты даже на серую цаплю не тянешь. Но не цаплей единой сыт небосвод, между волнами и тучами совершает махательные движения крыльями и народец помельче — и чижи, и стрижи, и прочие скорые на руку ласточки; там же и шальные соловьи, отравленные ядом ночной сирени после летней грозы, невзрачные дрозды, заносчивые удоды и простодушные малиновки с деревенским акцентом. Перелёт через океан — не фунт изюму, не хухры-мухры, не прогулка в парке — как выразился бы английский вальдшнеп: день и ночь, не взирая и даже вопреки погодным условиям, сквозь шторм и бурю, без передыха и без остановки. И на всём маршруте всего лишь один остров — остров Найтингейл. Единственный шанс перевести дух. Вот только не у всех птиц хватало храбрости продолжить опасный путь. Некоторые оставались там навсегда. Остров спасения становился тюрьмой.

9

Вполне возможно, Марьяна Синицына спасла мне жизнь. Почти наверняка она уберегла мой рассудок. Та странная женщина, то ли кастелянша, то ли кладовщица, то ли ведьма, то ли ангел — временами скорбная монашка в обете молчания или вдовица, заточённая в башне из дикого камня на мёртвой горе, а то вдруг — бац! — хищная самка, бесноватая нимфоманка, буйная Мессалина, жадно отдающее своё ненасытное тело — вот, хватай-терзай мою белоснежную плоть, уже не столь упругую как когда-то, уже обмякшую, но совсем ещё не дряблую. Да, я перезрела, чуть поблекла, но я полна сочной страсти, сладкой, приторной и хмельной, как дешёвый крымский портвейн за рубль семнадцать — пей-глотай, мой милый мальчик! Не робей, мой простодушный птицелов, алчущий лакомств, срам — химера робких целок, стыд — миф для евнухов и партработников среднего звена. Такая удача выпадает раз в жизни, лови волну, не проворонь фортуну — всё можно и ничего не стыдно! Вот бокал, в нём яд — смелее!

Была ли Синицына действительно безумной? Граница столь невнятна. К тому же какой умалишённый возьмёт на себя риск судить других психопатов?

Подвал Марьяны стал садом земных наслаждений, Содомом и Гоморрой, вторым кругом ада. Толстые стены и железные двери подвала защищали меня от реальности грядущих зачётов, от комсомольских собраний, от трезвона лефортовских трамваев и болотистой вони весенней Яузы, от здравого смысла и от памяти. Марьяна научила меня останавливать время.

Лишь иногда, в разгаре потной оргии, моя бедная матушка, сотканная из укоризненного воздуха, возникала в тёмном углу; сцепив хрупкие пальцы, она смотрела страшными глазами на кощунство и мерзость, молча жевала губы, качала головой и таяла без следа.

Да, и вот что ещё любопытно: помимо занятий рисунком и живописью нам с первого курса сведущие искусствоведы пытались привить вкус к классической эстетике.
Мировая история искусства преподавалась на факультете
основательно и подробно: от наскальных бизонов к античности, через средневековье к Возрождению и барокко, классицизм и маньеризм, малые голландцы с потными ломтями
розового бекона плюс лимон и омары, румяные фламандки
Рубенса, дураки Брейгеля и безумцы Босха, бюргерское
простодушие Кранаха, инквизиторская строгость Эль Греко, переходящая в высокомерие Веласкеса — мне об этом
впопыхах даже говорить неловко, это ж как о Боге — грех
всуе. Потому буду конкретен: красота женского тела, эталоны определения гармонии, критерии эротичности остались неизменными. Разумеется — я обобщаю. От Эллады
до наших дней мы находим привлекательными женщин,
соответствующих одним и тем же параметрам — итальянец
Умберто Эко на эту тему толстенный фолиант написал,
кого интересуют подробности, рекомендую, — остальным
достаточно беглого взгляда по полотнам и фрескам, изображающих спящих Венер, выходящих из пены Афродит,
застенчивых Психей, невинно купающихся Сюсанн и отчаянно кающихся Магдадин, вкушающих запретный плод Ев
и простодушно резвящихся безымянных вакханок, нимф,
наяд и сирен. Имя им — легион. Это — эротическая гвардия изобразительного искусства и, как в любой стоящей
гвардии, критерии отбора тут весьма строгие.

Так вот, Марьяна Синицына в эту гвардию бы не попала, даже если бы отбором руководили близорукие импотенты. Нет, она не была уродлива. Её внешность была
уныла, как запах сырой побелки. Лицо и тело — в одежде

и без — вызывали меланхолию и заблаговременное рас-
каяние. Про таких говорят, глядя в пол, — у них золотое
сердце. Или что-нибудь про глаза, полные добра. К тому же
хромота: детский полиомиелит сделал левую ногу короче
другой. Если на неё смотреть со спины… впрочем, доволь-
но — картина ясна.

А вот хромота, как выяснилось, страсти не помеха.
И не только хромота. Не берусь судить, да и невозможно,
думаю, разъять на ингредиенты вожделение или проа-
нализировать резоны похоти, с тем же успехом можно
пытаться объяснить мелодию Моцарта или узор крыла
махаона. Или чем, к примеру, так уж прекрасен звездо-
пад в конце августа. Чистая ворожба — безумие пополам
с волшебством.

Неуклюжие руки сверстниц, нахрапистая Верка в по-
лупьяном полусне, мой убогий опыт можно было сравнить с пиликаньем вагонного гармониста фрязинской
электрички — Марьяна Синицына явила мне Берлинский
симфонический оркестр под управлением Герберта фон
Караяна. Исполнялись «Ода к радости», «Реквием» и «Па-
тетическая симфония», исполнялись одновременно.

При помощи колдовства, настоянного на смеси де-
шёвой водки с креплёным красным, самодельной Камасу-
тры на пыльном ворохе драпировок и гобеленов, сиплого
шёпота, тусклой лампы, накрытой красной тряпкой, ста-
ринного мутного зеркала в деревянной раме, порочных костюмов на голое тело — шляп, вуалей, потрёпанных лисьих
воротников, Синицына запросто выключала реальность.
Бесовский дух её жаркого пота — запах забродивших яблок
пополам с подгоревшей хлебной коркой — сводил меня
(как пишут в скверных романах) этот запах сводил меня
с ума. Уже после, в метро или на улице, я нюхал кончики
своих пальцев и тихо скулил от вожделения.

На задворках сознания изредка блуждала скудная мысль об аномальности нашей тайной связи, но подобно пьянице или морфинисту, я моментально изыскивал дюжину резонов в защиту пагубной привычки. Меня затягивало — даже не трясина, то был густой смолистый вар.

Сессию я завалил, пересдачу назначили на сентябрь. Всё лето я провёл в подвалах худграфа, оттачивая мастерство куннилингуса. Часы на острове Найтингейл протекали легко и неспешно. На смену лихорадке вожделения пришла каторжная похоть. Тяжкая как суровое похмелье, неотвратимая как надвигающаяся хворь. К августу отчисление из института стало неминуемым: дюжина пейзажей, портретов и натюрмортов, которые я должен был представить на кафедре пятнадцатого сентября, на тех холстах не был сделан ни один штрих, ни один мазок кистью.

Проблески здравого смысла всё больше напоминали приступы агонии. Синицына высасывала из меня рассудок, энергию, жизнь; всё чаще она оставляла меня ночевать в подвале — хмельной и изнурённый, я валился на ворох грязных драпировок и забывался до утра. Сама Марьяна никогда не оставалась на ночь, дома её ждала дочка. Судя по фото, тусклый подросток с хилыми косами и в очках с толстыми стёклами.

Процесс саморазрушения шёл размеренно и незаметно, он был похож на изощрённый и затянувшийся суицид. Так, должно быть, тупеют пациенты психушек, превращаясь в кроткую огородную флору.

Летняя духота пахла прелыми яблоками и московской гарью, во взгляде Марьяны мелькало если не отвращение, то нечто похожее на брезгливость. Её руки стали грубее, жесты резче, интонации твёрже — приказы, не просьбы, уже не допускали возражений. Наши эротические мистерии начали приобретать тревожный колорит: не только кожаные ремни с тугими застёжками, в ход пошли корсеты из китового уса, цыганские плётки и даже лезвия не совсем бутафорских кинжалов дагестанского фасона.

В чадящих медных лампадах она жгла масло и сухие травы, пряная вонь расползалась по комнатам подвала, пьяный дым стекал с низкого потолка по стенам, я допивал залпом остатки портвейна, закуривал сигарету и откидывался навзничь на подушки. Сквозь сонные веки угадывал движения, её руки искусно лепили из тягучей лиловой тени крылатых тварей; не птицы — адские гады скалились клыками, топорщили хищные гребни. Чудища теснили канифольный вязкий сумрак, обступали кольцом. Живой искрой вспыхивал блик на лезвии. Нежный надрез, быстрый, почти раздвоенный язык, слизывал алую бусинку капли. Жаркий рот жадно впивался мне в губы. Она словно пыталась высосать меня, как высасывают перезрелую сливу. Косточка и шкурка в остатке. Рот наполнялся её слюной с привкусом моей крови. Похотливые щупальца блуждали по спине, сжимали ягодицы. Одним властным движением она называлась на меня, при этом издавала сиплый рык, уже совсем какой-то звериный. Стены подвала оплывали воском и таяли без следа, потолок распахивался: в огненных небесах иссиня-чёрные серафимы истекали кровью и падали, как подстреленные влёт галки. С севера надвигалась буря, с юга слышалась могучая канонада. Граница между бредом и реальностью стала территорией моего обитания. Я перестал осознавать, в какой момент наслаждение становится болью, а боль превращается в наслаждение.

Ночами мне чудилось, как я выпутываюсь из ремней и крадусь лабиринтами в поисках выхода из подвала. Перехожу из одной комнаты в другую, стараясь не разбудить римских императоров и греческих философов, не потревожить лис и филинов, набитых опилками. Они лишь прикидываются неодушевлёнными предметами, на деле грань между живым и мёртвым не столь конкретна. Как в любом качественном кошмаре, лабиринт становится всё запутанней. Я спускаюсь крутыми винтовыми лестницами, перехожу по шатким балкам над чёрными безднами, наконец открываю дверь, за которой в огромном гнезде сидит циклопическая птица. Как часто бывает во сне, я знаю, что птица — это Марьяна Синицына. Она сидит на яйцах, тоже гигантских, они, эти яйца, начинают трескаться и из них вылупляются какие-то уродливые существа — розовые и склизкие. Они ползут ко мне, тянут когтистые лапы, у всех птенцов моё лицо.

Камни острова Найтингейл усеяны скелетами птиц, кости выбелены дождями, кости лежат повсюду. Белые, изящно точёные, они похожи на украшения — аккуратные черепа с острыми клювами, сахарные чётки позвонков, гребёнки рёбер. Если вам будут говорить, что птицы умерли потому, что у них не осталось сил лететь дальше, не верьте. Они не смогли найти в себе волю, чтобы оставить проклятый остров. На третьем курсе мы рисовали скелет вороны, на деле нарисовать скелет птицы не так просто, как может показаться.

Пинен, он же «Разбавитель № 4», используют в масляной живописи для разведения красок, а также для мытья кистей и палитр. Можно пользоваться льняным маслом или скипидаром, но я предпочитаю пинен. Этот разбавитель снижает густоту красок и увеличивает время высыхания, для техники лессировки, в которой я работаю, очень важна жидкая консистенция краски, поскольку суть лессировки в том, что нижний цвет просвечивает сквозь цвет, наложенный сверху. Практически весь живописный Ренессанс — это лессировка. Техника позволяет добиваться неуловимых переходов из цвета в цвет, напоминающие глазурь или перламутр. Единственный минус — когда ты пишешь с пиненом, то вонь стоит как в керосиновой лавке. Думаю, это и есть обычный керосин, разлитый по красивым флаконам.

Синицына тихо оделась, я слышал, как она прикрывает дверь и возится снаружи с замком. Донеслись шаги, шаркающая синкопа хромой подошвы по каменной лестнице наверх, в вестибюль. Потом всё стихло.

Прислушиваясь, я подождал ещё несколько минут, поглаживая ладонью простыню, ещё влажную и тёплую от её потного тела. Голова чуть плыла от портвейна. Я вылез из месива скомканного тряпья, простыней и драпировок, мятых подушек и пледов. Нашёл смятую пачку «Пегаса», вытянул губами сигарету. Прикурил. В бутылке осталось немного вина, я допил из горлышка. В углу стоял мой этюдник, он появился тут два месяца назад, тогда ещё оставалась иллюзия, что мне удастся найти волю и начать писать.

Щёлкнули замки, я открыл этюдник. В ряд лежали тюбики краски, связка кистей, стянутых резинкой, бутыль пинена. Открутил крышку, резко шибануло керосином. Пикассо, кажется, говорил — живописец не может не любить запаха своего ремесла.

13

Наш факультет фасадом выходил на Госпитальный вал с трамвайными путями, с другой стороны, за невысоким зелёным забором, начиналось Лефортовское кладбище. Местные, да и мы, называли его немецким. Выход из вентиляционной трубы оказался именно там. Когда я вылез наружу, уже кто-то вызвал пожарных. Дым белыми столбами пёр из всех окон первого этажа. Пожарники отрывисто гавкали хриплыми голосами, в лучах мощных фар их гигантские тени вырастали до самой крыши. Могучие фонтаны брандспойтов изгибались стеклянными драконами на бархате чёрного неба. Из окрестных домов высыпали зеваки в пижамах и халатах. Со стороны Яузы доносился азартный вой сирен, к нам спешило подкрепление.

Меня забрали где-то в районе Лефортовских казарм. Небо уже начало светлеть. В парке проснулись вороны, из крон древних лип долетали их голоса. Город был пуст, чист и тих. Патрульная «волга» встала поперёк улицы, я шагал навстречу прямо по осевой. Из машины никто не вышел. Я подошёл и остановился. Дело в том, что я был абсолютно гол.

Психушку в Сокольниках называли ласковым словом «соколики». В нашем отделении лежали в основном суицидники, народ вялый и смирный. Я рисовал портреты медсестёр и вскоре стал знаменитостью местного масштаба. Завотделением Люсьена Вартановна даже привлекла меня к оформлению какого-то её доклада: на листах ватмана я школьной гуашью и кисточкой для клея вполне живописно изобразил диаграммы, иллюстрирующие убедительные успехи в борьбе с психическими заболеваниями в социалистическом обществе. Для главного корпуса клиники мне заказали оформление стенда про «Ленинский зачёт». Гигантский профиль Ленина, в окружении космических кораблей и самолётов, парил над панорамой Москвы в стилизованных лучах восходящего солнца — композиция в условиях психбольницы выглядела вполне органично.

Для художеств мне отвели угол в ординаторской, стол, стул и жёсткую кушетку. Медсёстры привыкли ко мне, угощали сигаретами и чаем с мятными пряниками, твёрдыми как речная галька; я уже пользовался некоторыми привилегиями и мог безнаказанно нарушать распорядок. Вечерами ординаторская пустела, я мог валяться на кушетке и читать потрёпанные детективы из больничной библиотеки.

Этажом выше находилось женское отделение. Лестничный пролёт между третьим и четвёртым этажами считался курилкой, сюда, к трёхстворчатому окну за белой решёткой, к широкому каменному подоконнику, заставленному грязными банками из-под растворимого кофе вместо пепельниц, сюда спускались местные дамы. Нежно пошаркивая домашними тапочками, негромко переговариваясь, дамы выпускали кокетливые струи дыма в потолок. Я скупо острил — не улыбаясь, как и положено психу. Дамы вежливо смеялись. Я делал наброски в альбоме, рисовал быстрые портреты. Прищуренный взгляд, несколько штрихов, иногда тихим голосом вкрадчиво просил не шевелиться. Дамы послушно замирали. На такой набросок уходит обычно минут десять — портрет готов. Показывал, молча выслушивал комплименты, после ставил подпись, резким жестом отрывал лист и вручал натурщице.

В окно сыпал дождь, за стеклом раскачивались рыжие клёны, за ними маячили мокрые трубы какого-то мёртвого завода: так начинался октябрь. Впервые в жизни я был абсолютно счастлив. Ника Файнгарт, она беззвучно спустилась по лестнице, бледная, почти перламутровая, обошла меня и заглянула через плечо в мой альбом. Я как раз заканчивал портрет Зойки, сильной брюнетки с короткой шеей, которую чудом откачали после прыжка с Устьинского моста. Зойка получалась удачно, рисунок слегка льстил оригиналу, но я как художник не вижу в этом особого греха. Ника беззвучно присвистнула, выражая одобрение. За месяц пребывания в психушке я научился сдерживать все реакции. Этот опыт, как никакой другой, здорово пригодился мне и в дальнейшем. Зойка бережно свернула портрет в трубочку, попыталась чмокнуть меня в губы, я увернулся и подставил щёку: я знал, что её пятилетний сын год назад выпал с балкона и, что Зойка пытается убить себя уже третий раз.

— Хотите, — обратился я к Нике, — ваш портрет?

— Меня уже рисовали, — едва слышно проговорила она и повернула голову к окну, продемонстрировав гибкость долгой шеи невероятной грации. — Неудачно. Сказали, что у меня сложное лицо.

Фарфоровое ухо ручной работы светилось голубым. В мочке сиял крошечный алмаз.

— Кто сказал? — нейтральным тоном спросил я, впрочем, судя по её взгляду, пренебрежения мне скрыть не удалось.

— Художник, — она облизнула губы, — Глазунов. Знаете?

Больничный байковый халат, мешковатый и невероятного линялого колера — что-то вроде цвета плодово-ягодного мороженого — халат был велик на три размера, но сидел на ней ловко, как тюремное рубище на королеве в изгнании ранним утром перед казнью. Ника скупым жестом попросила у меня сигарету. Взяла её тонко вылепленными пальцами, запястья её детских рук были туго перебинтованы. Она выпустила струйку дыма и, подавшись ко мне, шепнула в ухо:

— Я — нимфоманка.

Внизу грохнули двери, гулкое эхо пронеслось по лестничным пролётам и стихло. Я наклонился и тихо ответил:

— Я тоже.

14

У неё было постное мальчишеское тело с острыми ключицами и мелкими козьими сиськами, что после жаркой сдобы синицынской плоти показалось мне как глоток родниковой воды в темнице. Файнгарт совокуплялась тихо и аккуратно, отдаваясь с отмеренной страстью и удовольствием — так уверенные лыжники прокладывают лыжню по девственному снегу синим солнечным утром где-нибудь под Звенигородом. Её оргазмы исполнялись филигранно — негромко, изящно и тактично — с почти музыкальной сноровкой умелой пианистки.

Она мимоходом цитировала целые абзацы из Сологуба и Соколова, её светлые глаза из серых становились синеватыми, с матовым отливом голубиного пера; в московском выговоре едва угадывался какой-то прибалтийский акцент, к тому же я никогда толком не мог понять, говорит она серьёзно или шутит, интонации её вкрадчивого голоса, неожиданно низкого для столь хрупкой комплекции, непринуждённо перетекали из лёгкой иронии в сарказм. Порой шутка, произнесённая невинно и ласково, по сути, была издёвкой или оскорблением.

Ника Файнгарт мне определённо нравилась, при желании я бы мог даже влюбиться в неё.

Симулировать амнезию достаточно легко. Когда меня привезли в «соколики», мне диагностировали ретроградную амнезию, как результат психологической травмы. Определить природу травмы или установить личность пациента врачам не удалось. Из ментовки меня доставили босиком и в солдатском одеяле на голое тело. На все вопросы я отвечал одинаково — ничего не помню. Уморительны были сеансы гипноза. Доктор Гринберг, гладкий и похожий на перегоревшую лампочку, он заботливо выслушивал мой бред, даже что-то записывал в медкарту: а я гробовым голосом повторял фразы на немецком, который учил в школе, декламировал «Лорелею» и «Лесного короля». Ретроградную амнезию через пару недель переквалифицировали в диссоциированную, я как раз тогда начал рисовать, тогда же на папке с историей болезни в графе ФИО появилась надпись «Альберт Дюрер». Дюрера, разумеется, на деле звали Альбрехт, но я поправлять врачей не стал, чтоб не возбуждать лишних подозрений.

— Ты знаешь, что такое трансверберация? — спросила Ника, не прерывая плавных поступательных движений.

Она сидела на мне, я лежал на кушетке, кушетка стояла в ординаторской. Был час ночи.

— Где? — невпопад спросил я.

— Именно там, — хихикнула она. — Про Терезу Аквинскую слышал, надеюсь?

— Кто? — я сбился с ритма, эрекция начала чахнуть.

Ника тоже остановилась. Я почувствовал, что вот-вот выскользну из неё. Ника ухмыльнулась.

— Нет уж, погоди, — она напрягла там какие-то мелкие, но достаточно крепкие мускулы. — Мы ещё не закончили. Экстаз святой Терезы, скульптура Бернини...

— Так ты про Бернини... — наконец до меня дошло. — Гениальное воплощение женского оргазма в мраморе. Практически порнография в стиле барокко. Гениально.

— Я не про скульптуру. Я про Терезу. Она впадала в транс... — Ника заговорила тише и быстрее. — Такую смесь самогипноза и экстаза. Эротического экстаза, что ли — понимаешь?

Я похабно ухмыльнулся.

— Дурак, — констатировала Ника. — Тереза в юности была очень эмоциональна, очень чувствительна...

— Истеричка, короче...

— Дурак, я ж говорю, — она продолжила. — У неё были приступы, когда она впадала в транс. Становилась как труп — ни сердцебиения, ни дыхания — знаешь, они зеркальце подносили к носу — какой наив! Однажды её даже чуть не похоронили. Тереза очнулась через четыре дня. Она, оказывается, всё слышала — всё, что происходило вокруг, но могла пошевелить лишь мизинцем...

— А вот на мизинец никто не обратил внимания...

— Сама Тереза была уверена, что она попала в пространство между жизнью и смертью. Ей там показывали какие-то картины — пророческие видения. С ней говорили некие существа, один раз ей явился херувим и...

— Трахнул её, — вставил я. — Божественный оргазм.

— Да. Трансверберация. Тереза писала, будто ангел пронзил её насквозь огненным копьём, и самая невыносимая боль превратилась в самое сладостное наслаждение...

— Ну я так тоже могу...

Ника запнулась и остановилась на полуфразе. Я подождал, она продолжала обиженно молчать.

— Извини, — сказал я ласково. — Серьёзно — всё.

Ника выдержала строгую паузу.

— В тринадцать лет, — начала она. — Я попала в больницу. Температура, рвота — все дела. Сначала думали отравление, потом инфекция. Начали колоть миномицин, началась дикая аллергия. Антибиотики отменили, через пару дней я впала в кому. Я отлично слышала каждое слово, всё, что говорят врачи, родители... различала запахи, ощущала свет, чувствовала боль от уколов... Были видения, практически, будто кино смотришь. Не как во сне, без сумбура и всё отчётливо видно — пейзажи, люди. Причём, какие-то места и людей я узнавала, другие были абсолютно незнакомы. Самое жуткое видение связано было с отцом: лето, вечер, ёлки-берёзки —

что-то вроде подмосковья, отец идёт железнодорож-
ной насыпи...

Она замолчала, покусывая губы. Я положил ладонь
ей на бедро, тело было холодным как камень.

— Да... — она шмыгнула носом. — Через три года,
в июле... У нас дача в Подлипках, это по Ярославке, знаешь...

15

Выписали меня под Новый год. Декабрь выдался гнилой, прелый дух плыл над холодным городом, серые бульвары напоминали разлившиеся реки. Темнело в три. Над колючими кустами висел туман. Мокрые стволы лип росли из сизой мути, их кроны уходили в мрак. Ника ждала меня у подъезда. Она сидела на мокрой лавке, обняв дорожную сумку. Сверху висел уличный фонарь, он просто парил в густой черноте как маленькое чудо. Я остановился, в горле застрял шершавый ком. Ника сидела в круглой луже жёлтого света, кроткая и абсолютно одинокая, по-птичьи пристроив склонённую голову — так спят нищие переселенцы на богом забытых перронах. Всё вокруг казалось мокрым и грязным, бесполезным и абсолютно бессмысленным. Мне стало жутко: я толком не знал, что делать с моей личной ненужностью в этом мире, теперь нас стало двое.

Впрочем, наше совместное существование оказалось не столь уж трагичным. В почтовом ящике я нашёл извещение о моём отчислении из института. Другая бумажка была повесткой от седьмого сентября к следователю Г.Ю. Полозкову. Геннадий, скорее всего, но уж точно не Генрих, а, вполне может быть, что и Герман — если, конечно, Полозковы-старшие были поклонниками Пушкина или Чайковского. Я смял обе бумажки в тугой комок и сунул в карман куртки. Старуха Маркова, у который я забрал запасной ключ от квартиры, сообщила тревожным шёпотом об участковом, который искал меня.

— Но давно, — успокоила она, дыша валидолом в лицо. — Топить ещё не начали.

Ника вжилась в квартиру неприметно и без усилий, она не стала ничего переставлять, не начала, слава богу, налаживать уют девичьей рукой — никаких салфеточек и скатёрочек, никаких традесканций. Я давно выкинул весь родительский хлам, не от бессердечия — нет, наоборот: шкафы стояли пустые, полки голые — как в первый день творения. Я ни о чём не рассказывал, Ника не спрашивала.

На Верхней Радищевской, в десяти минутах от дома, в купеческом особняке с колоннами и заброшенным садом за кованной оградой обосновался дом культуры метрополитена. Меня взяли на должность младшего электрика, на деле я занимался художественным оформлением их наглядной агитации. Метростроевцы непрерывно достигали каких-то упоительных успехов и тут же брали на себя новые, повышенные, обязательства. Их трудовой экстаз я выражал художественно-графическими средствами. На планшетах из оргалита, загрунтованных водоэмульсионкой, я набивал по трафарету вроде бы вполне русские слова, которые, составленные вместе, превращались в параноидальные фразы, похожие на заклинания чернокнижников. К лозунгам добавлялись знамёна и ленты, красные звёзды, дерзкие лица метростроевцев в касках с буквой «М», силуэты строителей в героических позах. Использовалась в основном красная краска — крап-лак или кадмий красный. Над всем этим кровавым винегретом парил профиль Ленина. Сезонные вариации предусматривали некоторые дополнительные ингредиенты к основному блюду: к женскому дню — портрет самки метростроевца с цветком, к первому мая — ребёнок с флажком, ко дню победы — старый метростроевец с орденом.

Творческий процесс происходил в мансарде, которую местные называли чердаком. Комната, большая и светлая, с полукруглым окном и скошенным потолком; пол, старый, деревянный, был покрыт надёжными тёмными досками, по таким приятно пройтись, постукивая крепкими каблуками. Что мне категорически запретили делать — подо мной сидела бухгалтерия с троицей ражих тёток с одинаковыми причёсками яичного цвета, плюс пальма в кадушке и плакат Боярского на стене. Бухгалтерия непрерывно хлестала чай и закусывала тортами. И категорически запрещала мне топать.

В мансарду повадились местные поклонники спиртных напитков. У алкашей в принципе восхитительный нюх, нацеленный на отыскивание укромных и уютных мест. Пьяницы оказались деликатнейшей публикой: ходили на цыпочках, говорили вполголоса, курили в форточку. Закопёрщиком был Эдвард, клубный сторож, однорукий седой прибалт с грубым красивым лицом порочного крестоносца, он называл бухгалтерш сёстрами-горгонами, пил водку с изяществом принца крови, неторопливо и смакуя, точно ангельский нектар; протез его левой руки — чёрный, будто отлитый из смолы — сторож ловко использовал в качестве подставки для пепельницы, пальцы протеза обладали некоторой пластичностью. К сожалению, я там и не решился спросить, из какого материала был изготовлен протез. Сам Эдвард говорил, как правило, на темы отвлечённые и о себе почти не рассказывал.

Окольными путями — от секретарши Людочки, крошечной блондинки и местной красавицы загадочного возраста, на вид, в зависимости от освещения и времени суток, ей можно было дать от пятнадцати до сорока пяти — от Людочки мне удалось узнать, что руку сторожу ампутировали где-то в Пруссии, что воевал он в разведке и у него куча орденов и медалей, которые он никогда не надевает — даже на девятое; но самое интересное — особняк, занятый сейчас московским метрополитеном, до революции принадлежал его деду, богатому торговцу из Риги.

Зачем Эдвард вернулся сюда? Ведь он даже не был рождён в этом доме: он, по идее, родился где-то в середине двадцатых, когда семья уже потеряла и особняк, и всё остальное. Зачем он пошёл воевать за тех людей, которые разрушили жизнь его семьи? Что творится в его голове, когда он спускается по мраморным лестницам с коваными перилами, когда бродит по заглохшему саду с мёртвым фонтаном, когда заходит в директорский кабинет, где на дубовых панелях висят почётные грамоты, балаганные красные вымпелы и портреты членов политбюро?

— Какой смысл? — спросил Эдварда я как-то вечером. — Зачем?

Мы сидели на подоконнике и курили, свесив ноги в сад. Окно было распахнуто настежь, была середина мая, дело шло к полуночи. В такой час хочется открыть душу чужому. Темнота дышала духом цветущих яблонь, к нему примешивался запах остывающего асфальта и тёплая вонь соседней помойки. Со стороны Таганки долетали вздохи утомлённого города, по Радищевской вяло шуршали шинами редкие машины, не очень убедительно пытаясь имитировать прибой. Эдвард со вкусом затянулся — бычок аж пискнул от удовольствия — после ловким щелчком отправил окурок в фиолетовую тьму. Рыжая искра описала дугу и беззвучно умерла в черноте сада.

— Боль — единственная вещь, которая может тебя чему-то научить, — Эдвард смотрел в темноту. — Постарайся полюбить боль. Хотя бы понять её.

— Зачем?

— Чтобы стать человеком.

— Я всю жизнь пытаюсь убежать от боли. Притвориться, что её нет.

— Так тоже можно. Только она быстрей бегает. Она догонит. Догонит и... — Эдвард поднял руку с протезом. — И накажет.

16

Лето выдалось на славу. Часы текли легко и неспешно. В городской жаре тонули звуки, вязли жесты, блаженная усталость втекала в тело, наполняя меня ленью и тихой беспричинной радостью. Не думать — какое это блаженство. Я бережно нёс свою зыбкую вселенную, стараясь не расплескать ни капли. Пыльные липы, низкорослые дома бульваров, вкрадчивые трамваи — всё уплывало в прозрачный август. По бледному небу ползли облака цвета старых кружев, дождей не было уже третью неделю.

Ника придумала спать на обеденном столе. Мы придвинули дубовый стол к подоконнику и раскрыли окно настежь. Тёплый сквозняк гулял по нашим телам, из булочной на первом этаже по вечерам пахло горелой ржаной коркой. Мы лежали на жёстком матрасе, курили и пялились в небо, лениво обсуждая голубей, которые явно подглядывали за нашим совокуплением. Пальцы Ники вяло блуждали по моей груди, они рисовали щекотные круги и восьмёрки, спускаясь всё ниже. В закатный час горящие окна на той стороне Садового кольца вспыхивали лимонной ртутью, потом рыжим, под конец наливались страшным багровым жаром. Всё небо заливало красным, живым пульсирующим цветом. Ника переворачивалась на живот и с кошачьей лёгкостью вставала на четвереньки, прогнувшись, она упиралась подбородком в мраморный подоконник. Закат плавился и тихо умирал, я пристраивался сзади, Ника вздрагивала и начинала громко что-то шептать, ритмично, как молитву или стихотворение. Слов было не разобрать, да и кому они нужны — слова.

В такой момент мне хотелось жить вечно или умереть сию секунду. Ника бормотала свои молитвы, всё страстней, всё жарче, точно, уже запыхавшись, карабкалась по винтовой лестнице на башню. Внизу шуршал остывающий город, машины едва ползли по бульварам. Небо на востоке темнело. Над Карачарово проклёвывалась первая звезда. Мерно и плавно я входил в Нику. Одновременно мне отдавалась и столица, бездушный город, в котором я вырос, и который я так и не смог научиться любить. Шумная и безалаберная Москва, эта похотливая, самовлюблённая самка, спесивая и тщеславная, с её самоварным блеском куполов, с гордой дурью шпилей высоток, с бензиновой вонью и гарью, с бестолковой суетой чванливых и заносчивых жителей, Москва отдавалась вяло, нехотя и с ленцой, как бы делая мне одолжение. Впрочем, чего ещё ожидать от блудливой шалавы. Акт соития напоминал извращение, но становился от этого ещё слаще.

La petite mort — французский эвфемизм, казалось, был придуман специально для Ники. Её оргазм завершался трансом, похожим на обморок, порой кратким — на пару секунд, иногда такое длилось несколько минут. По словам Ники, то были моменты пророческих видений. Причём, время там текло совсем иначе, минутный обморок вмещал в себя полномасштабное художественное кино. Пересказ видения мог длиться час. Я внимательно слушал, кивал, задавал вопросы — не с целью уличить, не дай бог, высмеять. Не то, чтобы я ей не верил, нет — я просто скептически относился к мистическим явлениям вроде Бермудского треугольника, тайных визитов инопланетян и предсказания будущего.

Мой нигилизм рухнул после гибели Эдварда Калныньша. Ника предсказала его смерть за неделю до несчастного случая, предсказала в деталях. Именно детали разбили вдребезги моё неверие. Однако, как любое качественное предсказание, смысл его стал кристально ясен только в ретроспективе, после того как трагедия уже случилась.

Эдвард выпал из окна бухгалтерии, когда пытался закрыть фрамугу. Обычно для этого используют длинную палку с крюком, но палка куда-то исчезла. Эдвард вскарабкался на подоконник, старая оконная рама треснула, старик вывалился вместе с рамой и упал на чугунную ограду. От удара протез руки отстегнулся и улетел на несколько метров. Его нашли в пустом фонтане.

— Горгоны, три сестры с медными когтями и стальными клыками, — говорила тогда Ника. — Их губы красны, глаза горят жаждой, на быстрых крыльях они преследуют жертву, разрывают тело на части, жадно глотают горячую кровь.

Ника, прикрыв глаза, произносила слова медленно, точно читала неразборчивый текст.

— Его тело пронзят острые копья. Его рука будет искать воду, но найдёт лишь сухие камни. Душа ищет покой, а находит только боль. Одну лишь боль.

17

В ту среду мы здорово поругались. Была середина сентября, но жара стояла африканская. Вообразить такое пекло в Москве было просто невозможно: линолеум на кухне стал мягким как пластилин, кафель был теплее тела, холодильник сдох, из-под него вытекла лужа ржавой воды. Я не пошёл на работу, мы поехали на Николину гору, там, за дачным посёлком километрах в трёх, где река делает крюк, у нас было укромное место, уединённое и скрытое от глаз. Ссора началась в электричке, спор начался с пустого места, даже не припомню с чего именного, помню только душную вонь пустого вагона — окурки, пиво, креозот — липкое сиденье лавки, мелькание драных деревьев за грязным окном. Помню ещё жирную тётку с зобом, она сладострастно наблюдала за развитием нашей ссоры, сидела в углу и наслаждалась.

Когда мы вышли на платформу, Ника уже перестала спорить, она замолчала, я всё ещё продолжал что-то бубнить, но уже вяло, из чистого упрямства. Мы спустились по бетонным ступенькам, пошли через сосновый бор. Неожиданно Ника остановилась, её глаза были белыми от злости — я-то думал, она меня давно не слушает — мне даже почудилось, что она меня сейчас ударит.

— Наивная? Никогда не говори, что я наивная... — громким яростным шёпотом произнесла она. — Не смей, слышишь? Никогда!

Сказала и, не оглядываясь, пошла дальше. Мелькнуло жгучее желание развернуться и пойти в другую сторону. Яростный порыв растаял, и я поплёлся следом. Самое смешное, что я понятия не имел, о чём идёт речь.

Мы шли по обочине, она шагала впереди, я за ней. Лямки рюкзака впивались в потные плечи, бутыль воды упиралась в хребет. Асфальт плавился, шоссе на горизонте растекалось жидким маревом. Редкие машины проносились и обдавали нас пыльным жаром. Дорога повторяла изгиб реки, на том берегу, цепляясь за сосны, к воде сползали белые кубики корпусов какого-то пансионата. Мы спустились, от воды нас отделяли заросли камышей. Высокие, выше человеческого роста, они стояли зелёной стеной, вроде бамбукового леса.

Ника обладала идеальным чутьём ориентации на местности, она безошибочно вышла к нашему месту — к маленькой поляне среди камышовых зарослей, не видной ни с дороги, ни с того берега. За всё время мы не произнесли ни слова. Так же молча Ника достала из рюкзака солдатское одеяло, расстелила его и безмолвно разделась. Педантично сложила одежду, легла на спину и закрыла глаза. Я стоял как истукан и разглядывал её крупные и тёмные соски, слишком большие для такой миниатюрной груди. В своей голове я продолжал наш спор, находя все более убедительные аргументы, ироничные замечания и саркастичные уколы. Обида незаметно перетекла в неясное вожделение. Я быстро разделся и лёг рядом. Выждав минуту, я коснулся мизинцем её бедра. Легонько провёл вверх, потом вниз. Мне было слышно её дыхание, ровное, как у спящего человека. Невидимый самолёт чертил сверху звенящую линию. Небо стало совсем белым. От воды пахло тёплой тиной. Мои пальцы взобрались на выступ тазобедренной кости, после прокрались к животу. Потихоньку, едва касаясь, я начал движение вниз.

— Найтингейл, — произнесла Ника.

Моя рука замерла на её лобке.

— Найтингейл? — голос Ники был тих и спокоен. — Что такое Найтингейл?

Я ощутил, как цепенеет мой затылок, как немота сползает по шее, как разливается по плечам и спине. Нужно было сказать хоть что-то, но язык стал деревянным, мне удалось выдавить из себя лишь странный сиплый звук и два слова.

— Откуда... ты...

Ника не ответила. Я боялся пошевелиться. Чёртов самолёт теперь дребезжал в моём черепе, это звон наполнял зудом всё тело.

— Я могу показать... — она запнулась и добавила, — если ты не боишься.

18

Страшно не было. Было жутковато и радостно, как перед прыжком с вышки в воду. Бассейн сверху кажется маленьким как лужа. Ника села на меня, я хотел обнять её бёдра, но она отвела мои руки.

— Лежи смирно.

Я по-солдатски вытянул руки по швам.

— Ты сгорел, — Ника положила руку мне на грудь, ладонь была ледяной. — Белый и розовый — как мороженое. Сливочное и ягодное...

Ладонь ползла вниз.

— Ты заметил, — чуть улыбаясь, тихо произнесла она. — У нас с тобой абсолютно одинаковые пупки. Может быть, это и есть знак?

Я кивнул, хотя никогда об этом не думал. Ника продолжала говорить, тихо, почти шёпотом, в этом шёпоте появился ритм, какой бывает в колыбельной. Едва ощутимо ее тело начало двигать в такт. Тембр голоса, интонации напоминали бормотание гипнотизёра, но вместе с вялой сонливостью в меня втекала жаркая похоть.

— Душа — это не сердце и не разум. Это не место и не время. Душа похожа на реку, она движется и меняется, она не может течь прямо, она петляет среди холмов и разливается по долинам; или срывается водопадами со скал. Она может стать узким ручейком или расплескаться бескрайним морем...

Я почувствовал её холодные пальцы, она чуть привстала и плавно опустилась с долгим дрожащим выдохом. Она больше не говорила. Наклонившись, чуть тронула мои губы своими. Снова приподнялась и снова опустилась, теперь с бессильным тихим стоном. Я подался к ней, чтобы войти ещё глубже.

— Ничего не бойся, — выдохнула она едва слышно. — Ни о чём не думай. Не пытайся контролировать — просто будь.

Немного смущало, что она пристально смотрит мне в лицо. Походило на какой-то чудной экзамен. Точно прочитав мои мысли, она сказала кратко:

— Закрой глаза.

Я закрыл. Её ладони легли мне плечи, она сжала их. Сильные пальцы массировали предплечья, я снова ощутил странную немоту в затылке, словно кто-то стягивал кожу на моём черепе. Ни о чём не думай, — мысленно приказал я себе, пытаясь понять, является ли эта мысль нарушением инструкции. Просто будь, — повторил про себя, — просто будь. Я чувствовал приближение оргазма. Не пытайся контролировать, — всплыла блаженная мантра, с которой я радостно согласился. Беспомощно падая в упоительную бездну, я почувствовал пальцы Ники на моём горле. Она их сжимала всё крепче и крепче. Я пытался вдохнуть и не мог. Ничего не бойся, — фраза вспыхнула и разлетелась лимонными искрами. Страха не было, всё вдруг стало безразлично — даже сам себе я стал до лампочки. Никогда в жизни я не ощущал такой апатии. Бесконечная усталость накрыла меня мягкой и тяжёлой периной, я приоткрыл глаза, но не увидел ничего кроме ровного белого света. Точно такой свет я видел, когда у нас в третьем классе брали кровь: тогда я просто грохнулся в обморок в школьном медкабинете.

Белый свет казался плотным и материальным, вроде густого пара или утреннего тумана. Из такого при желании можно слепить всё, что угодно. Первым проявилось небо, потом камыши, из камышей вышла девочка и остановилась в шаге от меня. Некрасивая, лет тринадцати, в тесном пальто и вязаном берете, из-за толстых очков глаза казались слишком большими и выпученными. Девочка молча поманила меня ладошкой, развернулась и вошла в камыши. Я поднялся с земли и пошёл следом. Девочка двигалась быстро, не шагала, она будто скользила по льду, раздвигала камыши руками и неслась вперёд. Я прибавил шаг, потом побежал. Дистанция между нами увеличивалась, догнать её я не мог. Вязаный берет мелькнул среди зарослей раз, другой, в третий раз уже совсем далеко. Я остановился. Вокруг поднимались заросли камышей. Камыши были выше человеческого роста, метра два, может, чуть больше. На макушке каждого камыша пушилась золотистая метёлка. Ветра не было — полный штиль. Прислушался — ни звука. Тишина казалась абсолютной. Мне даже почудилось, что я оглох. Хлопнул в ладоши, звук получился глухой, хлопнул ещё раз, сильней и громче. Взгляд упал на руки, я разглядывал ладони, пальцы и ногти, кисти рук. Руки, несомненно, были мои, но выглядели странно — крупней, загорелей, старше. Я ощупал лицо, с лицом всё было в порядке, по крайней мере, наощупь.

Я огляделся и шагнул в заросли.

Странно, но первым вернулось обоняние. Пахло летом, деревней, тёплой тиной. Потом появился вкус, горько-солёный вкус крови. После появилась боль, резкая и жгучая. Я открыл глаза. Надо мной возникло лицо Ники, она хлестала меня по щекам, била наотмашь, что-то выкрикивая, всхлипывая и вытирая быстрой рукой слёзы.

— Сволочь! Ну ты... — крикнула она мне в лицо, не договорив, нагнулась и долгим поцелуем впилась мне в рот.

Нижняя губа была разбита, я чувствовал, как там пульсирует жаркая боль. В горле шершаво першило, как в самом начале ангины.

— Чокнутая, — просипел я. — Ты меня чуть не задушила...

Ника выпрямилась, вдохнула с глубоким всхлипом. Тыльной стороной ладони откинула со лба волосы. Нос, распухший от слёз, был розовым и блестящим от пота. Её смешные козьи соски торчали в разные стороны. Жалость, острая как боль, комом встала в горле, такую же я ощутил, когда увидел Нику зимой у своего подъезда; жалость пополам с тоской, какое-то моментальное осознание нашего невыносимого одиночества в мире. Даже сейчас, даже в моменты душевной и телесной близости, проклятое одиночество стоит чёрной тенью за моей спиной. И все мои попытки любви, дружбы, родства не более чем детская уловка зажмуриться, когда тебе страшно.

— Ты меня чуть... — я запнулся, но замолчал, чтобы не разреветься тоже.

Ника кусала красные распухшие губы.

— Что... — она по-детски шмыгнула носом, — что там было?

— Что... — повторил я. — Девчонка.

— Очкастая? В рыжем берете?

— Не рыжем, скорее, это тёмная охра...

— И что? — перебила Ника. — Что дальше?

— Поманила меня. Рукой. Вот так...

Я выставил ладонь и показал. Ника сосредоточенно кивнула.

— Что сказала?

— Ничего. Молча. Я погнался за ней... там камыши, такие же, только ещё выше, метра полтора, как кукуруза, просто джунгли какие-то...

Я запнулся, до меня вдруг дошло, что Ника тоже видела девчонку.

— Так ты её тоже...

— Угу, — Ника кивнула. — Раньше видела. Она тебя искала.

— Найтингейл?

Ника снова кивнула. Указательным пальцем она задумчиво рисовала восьмёрку на моей груди. С реки долетел стрекот мотора, слабый, как от детской лодки. По макушкам камыша прошелестел ветер. Духота спадала, с запада послышалось ворчание грома.

Меня пару раз отправляли в пионерский лагерь. Там, в нашей компании, было развлечение: нужно было несколько раз глубоко вдохнуть — сильно, до головокружения, а твой товарищ, стоящий сзади, должен был обхватить тебя и изо всех сил сдавить грудную клетку. Наступал короткий обморок, который длился несколько секунд, может, минуту. Нам почему-то эта игра казалась очень занятной. Не помню, как мы называли её, но закончилась она после того, как Милка Хохлова во время одного из обмороков обоссалась на глазах у всей нашей компании. Милка наябедничала старшей пионервожатой и Гошу Кумца, инициатора игры, заводилу и хулигана, отчислили из лагеря.

21

Видения Ники отличались от моего, как роспись Сикстинской капеллы отличается от рисунка на стене вокзального сортира. Лишь пересказ её видения — сюжет, композиция, действующие персонажи, визуальные и звуковые эффекты — всё занимало не меньше часа. Другой час уходил на расшифровку знаков и символов, тайных смыслов и намёков. Многое Ника не могла объяснить, другое казалось очевидным. Некоторые видения были многосерийными, причём, секреты первой серии виртуозно раскрывались в последней. Авторство режиссуры Ника предпочитала не обсуждать: как-то, смущаясь, она призналась, что боится сглазить и лишиться дара.

В одних видениях Ника участвовала сама, другие ей показывали, как кино. Иногда место действия узнавалось, иногда так и оставалось загадкой. Жанровое разнообразие поражало: от грандиозных батальных панорам библейского размаха до камерных сцен, будто скопированных из какой-то абсурдистской пьесы. Один раз Ника сидела за столом в пустой комнате и пялилась на белую скатерть, по которой полз лесной рыжий муравей. И всё.

Нередким сюжетом были войны. Не всегда объяснялось, кто с кем воюет. В других случаях противостояние сторон выглядело откровенным бредом.

— Господи! — горячился я. — Это же дичь, Ника! Ну как Москва может напасть на Украину, если они находятся в одном государстве? С таким же успехом можно говорить о войне между Таганкой и Марьиной Рощей!

Ника видела грандиозные похороны на Красной площади. Тут я не спорил — наш генсек дышал на ладан и без особых предсказаний был уже одной ногой в могиле. Ника описывала внешность людей, иногда ей удавалось запомнить имя или фамилию.

— Пупкин? — смеялся я. — Пукин? Может, Пушкин?

В её видениях самолёты таранили небоскрёбы, взрывались какие-то атомные станции, под руинами землетрясений гибли тысячи людей. Катастрофы происходили в безымянных странах и случались в необозначенное время. Я требовал подробностей, меня интересовала конкретика, возможность хоть какого-то практического применения чудесного дара. Ну хотя бы ничтожного выигрыша в Спортлото.

Ника видела будущее, будущее выглядело странно, почти неправдоподобно. В моём представлении будущее рисовалось в голубой и розовой палитре с ясными горизонтами, над которыми парят стеклянные города плавной архитектуры, в небе беззвучно скользят хрустальные машины, атлетического вида жители в серебристых тугих костюмах беспечно перемещаются на самобеглых тротуарах среди постриженных кустов цветущей сирени. Болезней больше нет, энергия вырабатывается из света, воздух чист и прозрачен. Границ нет, страны управляются советом мудрых старейшин, прописку отменили, армейский призыв тоже, в армии служат роботы.

— А для чего тогда нужна армия? — ехидно спрашивала Ника.

— На случай нападения инопланетян, — находчиво отвечал я. — Про инопланетян что-то известно там? Прилетели наконец?

Ника смеялась. Будущее в её историях мало отличалось от настоящего, не было там городов на Марсе, не было плавных машин, гармония тоже не наблюдалась.

— Они там все пялятся в какие-то хреновины. С экраном. Вроде крошечных телевизоров, размером с шоколадку «Алёнка», вот так. Иногда они говорят с этими штуками.

— Зачем?

Ника пожимала плечами.

— Ты знаешь, кто такой Фриц Ланг?

— Режиссёр?

— Фриц Ланг снял три фильма, где главный герой — гениальный профессор, но при всей своей гениальности он жуткая сволочь, настоящий гад.

— Ясное дело — фашист.

— Наоборот, второй фильм «Завещание доктора Мабузе», запретили в Третьем Рейхе...

— Фриц Ланг был любимым режиссёром фюрера, разве нет?

— Гитлер считал Ланга не только гением, но и пророком. В «Завещании Мабузе» — и это в самом начале тридцатых — Фриц Ланг предсказывает возможность манипулировать сознанием больших групп людей...

— Массовый гипноз?

— Тотальный гипноз. Как у нас.

— Ты про психушку?

— Нет. Про страну. Наша страна построена на зле. Была, есть и будет. Тут зло такой высокой концентрации, что его можно ножом резать и на хлеб мазать. Зло никуда не исчезает. Это — энергия. Зло можно закупорить, но оно непременно вырвется наружу — революцией, войной, террором. И любой правитель, который придёт после коммунистов, использует именно энергию зла. Тут другой просто нет. Только зло.

— После коммунистов? — хмыкнул я. — После?

— Милый, — Ника по-матерински тронула мою щёку. — Они трёх лет не протянут.

Я рассмеялся. Ника пожала плечами, разочарованно, точно я не оправдал каких-то её надежд. Мы помолчали. Она отвернулась.

— Знаешь, что говорил Заратустра насчёт пророчеств? — тихо спросила Ника, глядя в окно. — Главная проблема с предсказанием бед заключается в том, что до катастрофы в неё никто не верит, а после, уже случившееся бедствие, кажется всем логичным и очевидным.

Не знаю про Заратустру, но вот Иисус насчёт пророков точно был прав — не верят им на родине. Ника предсказала развал страны, перестройку, путч и танки на Садовом кольце — но за этими событиями мы наблюдали уже из Израиля, сначала из Тель-Авива, а после с берега Мёртвого моря, где работали на апельсиновых плантациях. Мы жили в фанерном бараке и насквозь провоняли апельсиновым духом, который мне мерещился даже года спустя в промозглом Бруклине. Сентябрьским утром я стоял на пирсе Нью-Джерси, а на той стороне Гудзона пылали башни двух небоскрёбов. Я знал, что они рухнут.

С Никой мы расстались той осенью. Ноябрь в Манхеттене не для слабаков. Сталь и камень не греют, плоский остров расчерчен по линейке, в бездонных каньонах улиц сырой ветер разгоняется до скорости курьерского экспресса и сшибает с ног, холод пробирает до костей, кровь замерзает и перестаёт циркулировать. Художников в Нью-Йорке оказалось больше, чем таксистов. Я подрабатывал на разгрузке в супермаркетах, научился курить марихуану, а когда возвращался в нашу конуру за Ист-Ривер, то заставал там Нику, неподвижно сидящую напротив чёрного окна. Окно выходило в глухой колодец, до кирпичей противоположной стены можно было дотянуться рукой.

Ника сама предложила расстаться. Очень удобный факт для аргументов с самим собой. На деле я, разумеется, просто сбежал. Калифорния — идеальное место для мелких мерзавцев. Там можно прожить всю жизнь, не приходя в сознание. Пара затяжек с утра делает день нежным, а людей милыми и приветливыми. Шорты и гавайская рубаха, чёрные очки с зеркальными стёклами. Плюс неизменное солнце в голубом небе, бриз с моря, пальмы топырят свои лапы, горы синеют на горизонте. Ещё пара затяжек после обеда — и вот ты уже вплываешь в ласковый вечер. Стихший пляж, податливые девицы, сладкое вино из горлышка, солнце само садится в океан — ну разве не чудо?

Я чистил бассейны в Санта-Монике, косил траву и стриг кусты в Биг Суре, работал медбратом в доме престарелых в Долине, официантом на Зума-бич, перегонял машины из Лос-Анжелеса в Сан-Франциско и обратно.

Я чуть не стал жиголо: Севу из Одессы, который обещал организовать мою карьеру, нашли с пулей в затылке в багажнике его «бьюика» на Венис-бич. Несколько месяцев я прослужил в змеином питомнике в горах Сьерра-Невады, целое лето работал сомелье на винодельне Джеймса Блэйка, бывшего актёра и законченного кокаиниста. Разумеется, я снимался в массовках и даже сыграл роль моряка советской подлодки, роль была со словами: Капитан! Они пустили торпеду!

Я почти женился на девяностолетней старухе, невеста впала в кому накануне свадьбы. Дело было в Малибу, тогда я служил ассистентом теннисного тренера, который продюсировал порнографические фильмы с участием зверей и загремел на пять лет в тюрьму за неуплату налогов. Месяца три я изображал Дональда Дака в Диснейленде — то были самые блаженные дни, под маской меня никто не видел, я перестал стричься и отпустил бороду, главное было не смотреться в зеркало по вечерам.

В Силиконовую долину меня занесло случайно. Какой-то пацан, с которым мы выпивали на парковке, которую я сторожил по ночам, узнав, что я умею рисовать, попросил меня сделать пару набросков. Мы нашли шариковую ручку. На обратной стороне коробки из-под пиццы я накарябал несколько рисунков. Дело шло к полуночи, я уже был изрядно навеселе, но рисунки парню понравились. Ему нужны были какие-то монстры, которые могли превращаться в роботов. Робот превращался в реактивный звездолёт, а тот в танк или ещё в какой-то агрегат или механизм.

— Трансформеры, — предложил я, продолжая чирикать по картону. — Давай так их и назовём.

Парень пришёл в восторг, а ещё через пару дней я уже сидел в собственном кабинете с белоснежной мебелью и аквариумом во всю стену, на двери висела табличка с моей фамилией и титулом «Креативный директор отдела визуализации». Такие сказочные истории ты слышишь в Лос-Анжелесе постоянно, поэтому я даже не удивился, когда чудо случилось со мной. В соседней комнате стояли три ряда столов с компьютерами, за которыми круглосуточно в две смены трудились три дюжины мальчишек и девчонок. Компания называлась «Азарт» и выпускала компьютерные игры. Мы производили игры с дегенеративными сюжетами, где роботы-трансформеры сражались с зомби, уцелевшие гитлеровцы-вампиры нападали на Техас, пиратский корабль галактических рептилоидов охотился на транспортные суда жителей Юпитера. Трансформеры понравились в Голливуде, и они купили у нас права на использование идеи.

Таких лёгких денег и в таком количестве я не мог себе даже вообразить. Впрочем, у шальных денег есть столь же волшебное качество моментально исчезать. Особенно, если им помогают умелые профессионалы — в моём случае этим факиром стала манекенщица и супермодель нижнего белья Зарина Марьянова, голенастая как цапля и такая же долгошеея женщина с золотыми кудрями и буйным нравом. Буйство сперва принималось за страсть, загадочность взглядов за тонкость душевной конструкции. Вскоре золото кудрей оказалось фальшивым, а тело ленивым и холодным — особенно в постели. В процессе развода мой адвокат огорошил меня кучей сюрпризов из биографии бывшей супруги: она была на семь лет старше меня, звали её Ирина Зайцева, родилась она не в Ленинграде, а в Саратовской области, и не в генеральской семье, а в семье сторожихи фермы; не было итальянской модельной академии, зато была работа на трассе Владимир-Москва.

Законы штата Калифорния беспощадны к дуракам. Моя глупость обошлась мне в семьдесят шесть миллионов, дом в Малибу и «Спайдер» последней модели. Когда я выписывал чек адвокату, он, балагур и весельчак с невероятно белыми зубами, уверял, что я ещё легко отделался — мне запросто могли присудить платить этой Зайцевой алименты до конца жизни.

Следуя его совету, я попытался убедить себя, что случившееся является не потерей, а инвестицией, к тому же счастливой возможностью для моего морального и эмоционального роста. Я бросил пить, дал зарок близко не подходить к русским бабам, начал плавать, бегать трусцой и играть в теннис. Ровно через полтора года я встретил Ольгу.

23

Деньги, алкоголь и лёгкие наркотики, вроде марихуаны, сделали меня ленивым и беспечным, к тому же я вступил в возрастную фазу, которую называют «кризисом среднего возраста». У мужчин инфантильного склада и моложавой наружности, вроде меня, он наступает после пятидесяти. Я не обрюзг, не облысел, не обзавёлся брюхом — каждый день я проплывал три километра; плюс калифорнийский загар медного отлива и лучшая стоматология в мире, короче, фасад выглядел на пять с плюсом. Хуже дело обстояло с экстерьером: там было пусто, серо, тоскливо и немного страшно. Я лежал на краю бассейна, надо мной синел идеальный кобальт калифорнийского неба без единой тучки, солнце заползало в зенит, а после лениво скатывалось к океану. Нехотя плавилось и медленно исчезало.

Я ловил себя на мысли, что я уже умер и, поскольку на рай, очевидно, не заработал, но и на ад не нагрешил, то меня определили в какое-то чистилище, где ничего не происходит. Не происходит сейчас и не будет происходить в будущем. Я как те горы, что торчат из-за горизонта: меня жарит солнце, обдувает ветер, я покрываюсь мелкими морщинами — вот и всё.

Да, я пытался найти Нику, возникла иллюзия, что она сможет спасти меня. В Нью-Йорке её уже не было, следы вели в Австралию, я отправился в Мельбурн, там, в госпитале, нашлась запись, что с мая по август её лечили от депрессии, возникшей вследствие попытки суицида. Третьего сентября Ника Файнгарт выписалась из больницы. С того сентября прошло восемь лет.

В Мельбурне был вечер и лил дождь. Я вышел из госпиталя и побрёл по лужам в сторону океана. Безусловно, каждый человек несёт ответственность за свои поступки, безусловно. Я не пытался банальными сентенциями успокоить свою совесть или что там у меня вместо неё. Ботинки промокли насквозь. Я специально ступал по лужам, мне очень хотелось подцепить крупозную пневмонию и сдохнуть в муках. Все годы после бегства из Нью-Йорка я жил с тихой и тайной ненавистью к самому себе. Ливень трепал листья деревьев, долбил по крышам машин, хлестал по тротуару.

Я увидел её на автобусной остановке на той стороне улицы. Она сидела на мокрой лавке, обняв дорожную сумку. Сверху висел уличный фонарь, он просто парил в густой черноте, как маленькое чудо. Я остановился, в горле застрял шершавый ком. Она сидела в круглой луже жёлтого света, кроткая и абсолютно одинокая, по-птичьи пристроив склонённую голову — так спят нищие переселенцы на богом забытых перронах.

Я понимал, что схожу с ума, но всё равно выкрикнул ее имя. Сперва вполголоса, потом громче, еще раз и еще.

Подошёл автобус. Перекрикивая шум ливня, грохот машин, я продолжал звать её. Автобус постоял и уехал. Остановка была пуста.

24

Вся эта чушь про туннель и яркое сияние, и про ангелов с картины Иеронима Босха, и про давно умерших друзей и родственников, встречающих тебя хлебом-солью оказалась именно чушью. Не было ни бесов с вилами, ни адского пламени, ни пылающих озёр, ни ледяных пещер, ни трёхголового Цербера, ни Вельзевула с плёткой из аспидов — ничего такого не было. А что было? — была скука.

Происходящее напоминало неинтересную экскурсию. Дороги не помню. Кажется, ехали на автобусе. Помню, как нас уже привезли в какое-то старое здание, вроде школы, такие строили после войны — из кирпича в пять этажей с большими окнами. Правда, наши окна были замазаны побелкой и понять, что находится снаружи, было невозможно. От окон шёл свет, но какой-то белый, пыльный — противный свет. В школе уже были какие-то люди, которые, похоже, только что приехали. Сумки, рюкзаки, чемоданы, люди тихо шныряли по классам, вместо парт классы были заставлены железными кроватями, казёнными, с панцирной сеткой, как в казарме или пионерлагере. Нам, вновь прибывшим, тоже велели найти койки и расположиться. В аудиториях стояла тихая возня, народ устраивался, в большом зале, похожем на кинотеатр в сельском клубе, было битком, люди сидели на ступеньках и в проходе. Какой-то старикан в бобровом воротнике, похожий на профессора из советского кино про революцию, громким шёпотом извинялся за неуклюжесть. Меня потянул за рукав неизвестный, мы вышли в коридор, он спросил: вы не Ника Файнгарт? Я чуть удивилась, сказала — да, это я. Он обрадованно сказал: как точно мне вас описали, надо же, сразу вас нашёл. Кто описал? — спросила я. Он назвал твоё имя. Так он тоже тут? — спросила я. Ещё нет — ответил тот. — Он пока там. На острове Найтингейл.

25

Ольга безусловно обладала даром выведывать секреты. Незаметно для себя самого я выболтал ей абсолютно всё — про себя, про свою семью, своих подруг и любовниц, короче, все самые тайные и стыдные истории. Вывернуть наизнанку кровоточащую душу — в таком самоистязании тоже, оказывается, можно найти определённую сладость. С другой стороны, в чём ещё суть церковного покаяния и отпущения грехов?

В конце концов Ольга получила подробную карту с координатами всех чутких и нежных точек моего естества, всех ран и ссадин, всех шрамов. Она совершала экскурсии по долинам моих унижений, устраивала пикники на холмах позора, взбиралась на пики стыдных пороков. Её прыткие каблуки маршировали по тропинкам тайных страхов. Она с упоением залезала в липкую грязь моих прегрешений, с энтузиазмом рылась в старом мусоре ошибок и промахов. С иезуитским умением Ольге удалось убедить меня, что процесс исцеления души не может быть милым и приятным наподобие восточного массажа. Она говорила о гармонии целителя и больного. На мой взгляд, главная тайна состояла в гармонии палача и жертвы.

Ольга. Иногда мне казалось, что мы встречались раньше, вполне возможно, в той, прошлой жизни. Смутно знакомый жест руки в сочетании с насмешливой интонацией или же вот этот взгляд чуть исподлобья, чуть близорукий, с фокусом не на твоём лице, а как бы смотрящий сквозь тебя. Моменты узнавания напоминали смутные намёки, туманные аллюзии неясного происхождения, иногда казалось, что вот-вот и мне удастся ухватить призрака за шлейф савана. Увы, каждый раз пальцы ловили пустоту.

Впрочем, разница в возрасте, да и в целом, мизерная вероятность возможности пересечения наших прошлых жизней, сводила к практическому нулю такую гипотезу. Сама Ольга о себе рассказывала скупо и в общих чертах, будто пересказывала прочитанную статью из делового журнала вроде «Экономиста». В Ольгиных историях были факты — географические пункты, фамилии и должности, названия компаний и организаций. Но вот чего не было в её историях, так это жизни. Не было ни летнего запаха сухой травы, ни плеска весла, ни ночных шорохов в застывшем саду, ни призрачных теней, ни пятнистого от солнца соснового бора, ни сорванных ветром лепестков, ни озябших пальцев, ни поцелуев до головокружения. Как-то (мы ужинали в ресторане) я сказал: знаешь, иногда ты замечаешь дождь, только когда он перестал — такая тишина опускается на крышу.

Ольга не ответила, но я увидел выражение её лица в зеркале. Она сидела в профиль, и сложно было определить, чего больше в ее взгляде — отвращения или ненависти.

Теперь я окончательно потерял ориентацию. Наверняка последний час я ходил по кругу. Шоссе могло находиться в любом направлении. Я оглянулся, жёсткие стебли камышей распрямились и точно сказать, откуда я пришёл было невозможно.

Заметно стемнело. Желтоватое небо опустилось ещё ниже, теперь оно стало матовым, как пыльный плафон молочного стекла. От мутного жёлтого света камыши приобрели охристый оттенок точно пожухли. Я посмотрел на ладони. Кожа была серой с лимонным оттенком. Порыв ветра пронёсся по макушкам камышей, шумной и упругой волной он прокатился прямо над головой. Я вытянул вверх руку, ладонь ощутила холодный поток воздуха. Ниже, в зарослях, стоял полный штиль и ветер не чувствовался вовсе.

И тут я услышал голос. Он донёсся сквозь шелест камыша, будто родился из этого шороха. Я оглянулся — никого. Нагнулся, даже присел, стараясь разглядеть получше сквозь заросли. Ничего, кроме стеблей и листьев. Почудилось? Голос прозвучал снова, теперь совсем близко. Точно кто-то громким шёпотом произнёс за моей спиной одно слово. Слово прозвучало ясно, слово было «Найтингейл».

Я резко повернулся. Передо мной стояла девочка в тесном пальто и вязаном берете. Её глаза из-за толстых стёкол очков казались большими и круглыми. Сумеречный свет покрасил всё вокруг серым, превратив девчонку и камыши в чёрно-белое фото. Цвет исчез, будто слинял. Даже её рыжий берет стал серым.

И тут внезапно я понял то, чего не понимал раньше, то, что лежало на виду, но я не мог разглядеть очевидного. И этот серый свет с желтоватым отливом, и какой-то полузнакомый запах, что долетел неведомо откуда — пахнуло то ли мастикой, то ли свежевымытым полом: то был дух печального нищенского уюта московских коммуналок, что я вдыхал в тесной темноте прихожей, когда ждал своего школьного приятеля с позабытой фамилией, а в углу коридора в тёмной дубовой раме мерцало древнее зеркало с чёрным стеклом, бездонным, как омут — смотреть в такие зеркала отваживаются только самоубийцы, ну им-то терять нечего, но я ни разу не решился, даже мельком не взглянул. Точно такое же зеркало висело на стене запасника, тоже в дубовой раме с простой резьбой и ювелирными узорами ходов жуков-точильщиков. Синицына зеркало это снимала и ставила на пол, чтобы видеть отражения наших соитий. Её взгляд, хищный, почти безумный, её алчущие глаза были устремлены в мглистое стекло, точно там — не тут, а в тёмной глубине зазеркалья творилось самое важное. И запах был не мастики, а керосина, в котором моют кисти после урока живописи. Внезапно я будто прозрел. Тоска, серые небеса, песок времени, прах жизни — всё съёжилось-сжалось и обратилось в ничто. Даже пустоты не осталось.

— Зачем?.. — спросил я.

Девочка продолжала угрюмо пялиться на меня. Камыши зашуршали и пригнулись, порыв ветра прошелестел метёлками макушек, раскат грома проворчал вдали. Девочка начала говорить, негромко и равнодушно, она начала с пожара: так вот, после пожара нашли труп бездомного, он пробрался в скульптурный класс на первом этаже и там, в мастерской, спал, бомж не сгорел, а просто задохнулся от дыма. Если бы не труп, то матери могли дать условный срок, но прокурор квалифицировал состав преступления по части второй статьи 167 УК РФ и её обвинили в деяниях, совершенных путём поджога, взрыва или иным общеопасным способом либо повлекшие по неосторожности смерть человека или иные тяжкие последствия. Пять лет лишения свободы в колонии общего режима и выплатой штрафа размером в десять тысяч рублей. Девочку отправили в подростковый интернат, город Ковров Владимирской области. На второй год колонии у матери случился перитонит, её успели прооперировать, но занесли инфекцию. Мать умерла от общего заражения крови. Дочери исполнилось шестнадцать, её отпустили на похороны. Колония находилась неподалёку, тоже под Владимиром. На обратной дороге в интернат, неподалёку от посёлка Камешки, дочь избил и изнасиловал неизвестный мужчина, который подвозил её на грузовике. Шофёра не нашли, но не очень-то и искали. Девочка четыре недели пролежала в местной больнице, той самой, где умерла её мать. У девочки была сломана ключица и два ребра, к тому же ей пришлось делать аборт.

Гром грохнул совсем рядом, мощно, с царственным раскатом. Ветер властно пригнул камыши. Небо, вдруг совсем тёмное, чернильное, навалилось драными лохматыми тучами, до которых можно было достать рукой. Гроза приближалась. Девочка продолжала говорить, но я уже не понимал, о чём идёт речь: слова превратились в звуки и потеряли смысл. Я ловил отдельные фразы: что-то про месть и справедливость, что надо только положиться на судьбу, набраться мужества и ждать терпеливо.

Полыхнула молния. Тут же гром разодрал небо по диагонали и из дыры хлынул ливень. Девчонка говорила, грохот дождя заглушал её голос.

— Зачем? — пробормотал я, потом крикнул громче. — Зачем?

Девчонка замолчала.

— Зачем? Ну какой смысл? Объясни!

Я орал, перекрикивая грохот ливня.

— Ты ж всю жизнь на это положила! Зачем? Ну накажешь ты меня — отомстишь! Ну тебе-то какая радость?

Казнишь! Распнёшь! Кожу сдерёшь, заживо закопаешь! Ну буду я подыхать в муках... Ну! Тебе-то что? Тебе-то что за отрада? Ты хочешь, чтоб я покаялся? На коленях прощения просил? Это тебе нужно?

Я опустился на землю, прямо в лужу. Стоя на коленях, продолжал кричать про никчемность мести и бессмысленность справедливости.

— Нет тут никакой справедливости! Это ж главный закон устройства мира — отсутствие справедливости! Ведь я только что узнал, что случилось! Только от тебя! Я ведь понятия не имел, что с ней, с твоей... с Синицыной случилось, всю жизнь прожил... Я жил, а ты не жила, ты месть свою страшную готовила!

От крика и от дождя я поперхнулся и закашлялся. Девчонка безразлично смотрела, как я перхал, потом что-то сказала и указала рукой в сторону.

— Что? — не расслышал я. — Что?

— Шоссе — там.

Она повернулась и шагнула в камыши. Я продолжал стоять на коленях, ливень продолжал хлестать. Я хотел вытереть руки о штаны, но одежда была мокрой насквозь, точно меня вытащили из реки. В висках стучало. Кое-как поднялся, оступаясь на скользкой глине, побрёл в сторону шоссе.

27

Шоссе не было. Была просёлочная дорога, сползавшая с холма вниз. По дороге тянулся бесконечный караван бродяг, калек, крестьян, нищих, мародёров, раненых, цыган. Очень много цыган. Вместе с толпой плыли, словно застряв в ней, разномастные колымаги, повозки, телеги. Кибитки цыган были крыты линялым тряпьём. За одной ковылял медведь, тоже линялый и тощий.

Чавкала жирная грязь. По обочинам лежали трупы лошадей, чернели обгоревшие столбы в обрывках проводов. В луже лежал труп женщины, кожа натянулась на угловатых костях и казалась на размер меньше скелета. На кисти не хватало среднего пальца, кто-то, очевидно, не смог снять обручального кольца. Весь пейзаж был придавлен низким сырым небом. Лишь горизонт прочерчен тонкой красной линией, она тянулась от края и до края, там, похоже, всё горело. Мелко и занудно моросил дождь.

— Что там? — я тронул за рукав старуху.

Она тащила тугой узел поклажи, завёрнутый в скатерть. Старуха повернула голову — её лицо было в копоти, она молча взглянула на меня и отвернулась. Справа, припадая, хромал бритый дезертир, погоны и нашивки вырваны с мясом, драл, видать, с душой. На шее болтался автомат без рожка. Время от времени дезертир мрачно зыркал по сторонам. Поймав мой взгляд, хотел сказать что-то, но передумав, отвернулся.

Донёсся глухой гул. Сиплый, вроде воя газовой горелки на форсаже. Звук быстро нарастал. Люди задрали головы. По серому вывороченному небу пронеслось звено военных самолётов, за ним другое, третье.

— Кирдык красавице... — сплюнул дезертир. — Ща люмерсами утюжить будут...

Только сейчас я узнал местность. Горбатый холм Николиной горы, сосны вдоль дороги, излучину реки. В тот же момент горизонт вспыхнул алым, сияние набухло и начало растекаться малиновым жаром по всему небу. Толпа тихо охнула, теперь все смотрели в одну сторону. Послышались глухие удары, точно кто-то яростно колотил в басовый барабан. Лица, медные от зарева, показались мне невыносимо трагичными и красивыми, как на картинах Эль Греко из жизни мучеников и святых. На горизонте расцветали лимонные шары, они беззвучно лопались и лишь через несколько секунд долетал звук, похожий на тугой удар грома. Ничего грандиозней, ничего прекрасней, ничего страшней я не переживал за всю жизнь.

— Мамадук, — отчётливо произнёс детский голос за моей спиной.

Я тихо повторил странное слово — мамадук. Принято считать, что суть художника в результате его труда — в картине, книге, фильме. Это полная чушь: нельзя быть художником от девяти до пяти. Закончить картину и стать обычным человеком, вроде шофёра или слесаря. Пойти на футбол или на рыбалку. Художник подобен монаху-схимнику, всё его существование посвящено цели. Цель — быть художником.

Кто-то дёрнул меня за рукав, я оглянулся.

— Мамадук, — повторил мальчик.

— Что?

— Ма-ма-дук!

Мальчишке было лет семь-восемь. Он держал за руку худую старуху с костистым лицом и жирно нарисованными бровями. На правой её руке вместо мизинца был обрубок, две фаланги отсутствовали, оставшаяся фаланга была зажата тугим перстнем с бирюзовым камнем.

Вермонт 2023

БЕККЕР

Рассказ

Нина Ван дер Лейден:

Платье, лёгкое и голубое, очень удобное летнее платье (практичное — как сказала бы бабушка, если б дожила, конечно), в едва заметный мелкий горошек, даже не горошек — в крапинку; вот ведь странно, а ведь визуальное представление о вещах остаётся даже в темноте... А темнота была полная или почти полная — кое-что скорее угадывалось и додумывалось, но уже без участия зрения.

Три градации чёрного — озеро, лес, небо. Три оттенка летней ночи. Вода в озере была неподвижна, небо плоским и без единой звезды. Между озером и небом чернела полоса леса с острыми пиками елей.

Платье — я сняла его бесшумно, это невидимое, но всё-таки голубое платье. Доски мостка ещё не остыли. Неслышно, на цыпочках, я дошла до края и остановилась. Пальцами нащупала поручень лесенки, что уходила в воду.

Озеро, открытое пространство, которое ощущалось шестым каким-то чувством, казалось теперь бесконечным, бескрайним, и даже призрачный лес на том берегу не мог убедить в обратном.

Я присела, голые ягодицы соприкоснулись с деревом досок, шершавым и тёплым, словно кто-то живой только что сидел тут. Неприятное ощущение, к тому же вода теперь мне начала казаться вязкой и тягучей, словно жидкая смола. Боясь передумать, я нащупала пяткой ступеньку, оттолкнулась от края и соскользнула вниз.

Маслянистый всплеск, озеро проглотило меня. Я погрузилась с головой в черноту, мягкую и тёплую. Сделала несколько упругих гребков, моё тело приобрело рыбью обтекаемость. Прижав ладони к бёдрам, я по инерции скользила вглубь. Движение напоминало полёт, нет, даже не полёт, а ленивое парение. Тишина стала осязаемой, я была внутри тишины. Ласковой, тёплой и нежной — такой уютной. Должно быть, так заканчивали свой путь те жуки, которых мы находим внутри янтаря. Смола как мёд, невыносимо обольстительная сладость вечности. Инстинкт самосохранения отключается. Покой — радость, вечный покой — счастье: ты просто забываешь дышать. Никогда раньше цена собственной жизни не казалось мне столь ничтожной.

Я открыла глаза, но от этого ничего не изменилось. Непроницаемая чернота была бесконечной во всех направлениях. Верх и низ как пространственные ориентиры перестали существовать. Меня наполнила сладкая тоска: жалость к себе пополам с предвкушением чего-то неясного — жутковатого и манящего; такое чувство возникает к концу поминок малознакомого покойника.

И ещё: я могла остановиться и разобраться, где верх и где низ — ещё было не поздно, но я не хотела этого; незнание направлений и границ сделало меня не просто частью чего-то огромного, я стала центром и смыслом некой новорождённой вселенной.

Но всё-таки вынырнула. Вынырнула и вдохнула.

1

Нельзя русскому человеку сходить с ума.

Немцу можно, французу тоже, голландец настолько рационален, что и в безумии будет свои гульдены в уме пересчитывать. Сумасшедший англичанин мало чем отличается от англичанина в здравом уме, они и так все там который век на цыпочках ходят. Испанцу, но это между нами, чокнутость только на пользу пойдёт. Примите на веру.

Русский же и в здравомыслии не очень-то рассудителен, а если уж умом тронулся — пиши пропало. Русский, пусть даже он и шахматист, то непременно гармонист, романтик и поэт, трезв он или уже похмелился, понять непросто: говорит зычно, пеплом сорит на пол, на женщин чёртом зыркает. Хват и туз козырный, купец, казак, гусар — ещё пять минут и цыганские романсы петь начнёт.

Но перейдём к главному.

Зовите меня Беккер — это и имя, и фамилия. Беккер. Я сам его придумал, вернее, присвоил — так назывался рояль, на котором меня мучила гаммами аскетичная старуха в чёрном, лицо её стёрлось, помню запах — что-то горелое и сладковатое, эдакий аромат нищенского аристократизма. Чистая готика, короче. Инквизиторская пытка при помощи клавиш и звуков продолжалась почти год, после Господь сжалился и старуха исчезла.

Господь, кстати, ещё тот ловкач — не без чувства юмора малый. Мы с Лялькой Митрофановой сидели под письменным столом — морёный дуб на резных львиных лапах, мы прятались в отцовском кабинете, впрочем, взрослым уже давно было не до нас: из гостиной доносился гам, музыка и звонкий смех Лялькиной мамаши — резкий, как крик чайки. Казалось, тётю Милу кто-то зверски щекочет, причём через равные промежутки времени. Лялька наконец стянула свои трусы, сперва мы долго торговались, кто сделает это первым. Я был старше на год, настойчивей и хитрее. Разочарование — слишком вялое слово, было ощущение, что меня обманули. Там ничего не было — вообще. Место, гладкое и розовое, оно было как коленка, если не считать невнятной складки.

— И всё? — я подался вперёд и коснулся пальцем складки. — И это всё?

Лялька надулась, её нижняя губа выпятилась. Чёрт, сейчас начнутся слёзы, — подумал я, — только этого не хватало.

— Гляди! — произнёс я важно, неторопливо расстёгивая пуговицы на ширинке.

— Ого...

Лялька шмыгнула, вытерла ладошкой нос. Мы сидели на корточках, Лялька встала на колени, чтобы получше разглядеть. Под столом было темно, но наши глаза уже привыкли.

— Фига себе... — она вытянула боязливый палец. — Что это?

Я сам не знал током, поэтому сказал:

— Можно потрогать...

Она осторожно коснулась,

— Мягкий... — она бережно взяла двумя пальцами. — Не больно?

— Нормально, — сдержанно буркнул я.

Лялька осмелев сжала посильней.

— Ой, — она глупо хихикнула, — он пучится!

Слово «эрекция» нам не было знакомо, не знали мы и прочих медицинских терминов, вроде «половой акт», «оргазм», «клитор», «мастурбация», «куннилингус» и многих других. Мы с Лялькой пребывали в девственном неведении, совсем как Адам и Ева в Эдемском саду до инцидента с яблоком. И вот тут мы возвращаемся к Богу, точнее, к его лукавству.

Уважаемый Демиург, если вы чистосердечно планировали оставить Адама и Еву в состоянии бесконечного целомудрия, то какого чёрта нужно было столь хитроумно конструировать гениталии, наделять их (и ради бога, не говорите, что так получилось случайно) столь курьёзными, забавными и манящими свойствами. Уверен, что и безо всякого змея-искусителя первый вопрос Евы Адаму был бы: «Фига себе... А можно потрогать?».

Да, кстати: бедная моя Лялька Митрофанова, моя наивная Ева, ты бы ни за что не поверила тогда под письменным столом, если бы я тебе сказал, что ровно через семнадцать лет твоё голое тело найдут с перерезанным горлом в большом фибровом чемодане в полосе отчуждения Ярославской железной дороги между станциями Болшево и Подлипки-Дачные среди мелкого и среднего мусора, среди окурков и битых бутылок, которые так любят выбрасывать пассажиры электрических поездов дальнего и пригородного следования.

Если червя разрубить пополам, то у нас получатся две вполне самостоятельных личности. С человеком такой номер не проходит.

Если у человека отрезать ногу, то она тут же переходит в разряд утиля или, как выражаются врачебные работники, в разряд «биологических отбросов».

Человек по природе эгоистичен, его личность неделима. Хотя, погодите, не всё так просто — ведь есть же медицинский диагноз, он так и называется «раздвоение личности». В психиатрии этот диагноз определяется как расстройство множественной личности или диссоциативное расстройство. При нем человек ведет себя так, будто в нем живет несколько личностей (эго-состояний). Короче, вот тут-то мы снова возвращаемся к теме сумасшествия.

2

Сосед сверху звался Бах.

Точнее, так его называл мой папаша, поскольку этажом выше — на девятом — постоянно роняли что-то большое и тяжёлое. Вот так — бах! Бах! Моя детская фантазия рисовала разнообразные причины возникновения звука: Бах, толстый и потный, с красной шеей, забирался на шкаф и плашмя падал на паркет, забирался и снова падал; другой вариант — Бах тайно содержал в квартире африканского слона, индийские слоны мельче и такого шума произвести не смогли бы.

Были и другие гипотезы, но мне их не вспомнить.

На деле фамилия соседа была Архангородский. Без шляпы я его не видел ни разу. Архангородский работал каким-то медицинским или биологическим академиком, бабушка обзывала его вивисектор и докторменгеле (обе клички не прижились, поскольку не могли соперничать с гениальным Бахом моего папаши). За Бахом приезжала чёрная лакированная «волга» с белыми шторками в окнах и с оленем на капоте. Олень сиял, точно его только что отлили из серебра самой высшей пробы. Оленя страшно хотелось погладить, а ещё лучше лизнуть. Но в машине сидел нахохленный шофёр с мрачным лицом серого цвета. За такого оленя я бы отдал левый мизинец даже не моргнув. Как говорится — будь осторожен в своих желаниях, Бог может их исполнить.

Моего папашу тоже возили на «волге», но обидного палевого цвета. И безо всякого оленя на капоте. Папаша был толст и скучен, как и полагается замминистра лёгкой промышленности, плюс звали его Ефим, а отчество было Илларионович. Дедушку Иллариона я никогда не видел, да и в целом к этой ветви родни имел отношение по касательной. Моим настоящим отцом был морской дьявол, он оплодотворил мою мать, когда та купалась голой, дело происходило ночью, где-то под Туапсе. Моя матушка в молодости успела здорово накуролесить, упоминался некий генерал, некий режиссёр и ещё некто по фамилии Горский, от которого пришлось делать аборт. Бабушка каждое утро звонила таинственной Таисии Петровне. Наливала большую кружку кофе, бухала туда три ложки сгущёнки, распечатывала свежую пачку «Новости» и говорила до полудня. Разумеется, я подслушивал, прячась в туалете. Там наверху было квадратное окно, которое выходило на кухню.

В случайности верят лишь идиоты и математики. Случайностей не существует. На деле, все события, все люди, с которыми мы встречаемся, все так называемые мелочи и пустяки, что происходят с нами — абсолютно всё так или иначе связано между собой невидимыми нитями причин и следствий. Вы хотите доказательств — они будут.

3

Хочу дать вам совет — никогда не женитесь на девицах с фамилией Спиридонова. Ничего хорошего из такой женитьбы не выйдет. Проверил лично. Разумеется, поначалу будет ничего, даже весело и разгульно, но постепенно Спиридонова проявит свои истинные цвета. Зелёный — зависть, жёлтый — жадность, лиловый — коварство. Под маской смешливой куколки-дурочки окажется хладнокровная и хитрая бабёшка.

Мужчина наивен и любопытен по своей природе, лучшие из нас обладают мозгами и кое-какой логикой, но именно это нас и губит. Интеллект и рассудительность негодные инструменты в зазеркалье: тут камень падает вверх, дракон женится на принцессе, а благородного рыцаря продают в монгольское рабство. Ворожбу не раскусить логикой, не объяснить законом Бойля-Мариотта, химеру не одолеть приёмами самбо. Хитрожопая краля с незаконченным средним в два счёта облапошит и Эйнштейна, и Макиавелли с Сократом. Последний, зная женскую натуру, предпочитал иметь дело с мужчинами.

После безобразных ссор, слёз и воплей, после битья богемского хрусталя и кухонного фарфора, после мольбы и угроз — всё это заняло почти весь май — мне наконец удалось вышвырнуть Спиридонову из моей квартиры. Наивная душа моя ликовала, сердце пело, интуиция же молчала как пень. Простодушный бес шептал мне в ухо — братишка, осталось чуть-чуть — пустяки: оформить развод, заплатить Спиридоновой какой-то выкуп и навсегда вычеркнуть её фамилию из жизни. Вот в последнем пункте мой бес оказался отчасти прав.

Была суббота и начало лета. После вялой весны Москва в одночасье погрузилось в африканское пекло.

Спиридонова позвонила накануне и слабым голосом умирающей вдовы назначила встречу. В одном из переулков за Мясницкой, помнишь, там во дворике ещё итальянский ресторан с верандой — помнишь?

— Нет, — отрезал я. — Какой адрес?

Я приехал чуть раньше, минут за десять. Ресторан был закрыт, я остановился на пустой парковке у входа. Разумеется, я помнил это место, по дороге сюда на самом донышке души тлел робкий испуг, что на меня накатит сентиментальность о былых и лучезарных днях нашей совместной жизни. И что коварная Спиридонова на самом деле едет сюда не обсуждать финальные нюансы развода, а планирует некую вероломную комбинацию.

Двор был тих и тёмен, пахло помойкой. Становилось жарко. На детской площадке по утрамбованной глине бродил старый пёс непонятной породы. Его сопровождала девочка лет восьми. Пёс остановился у качелей, выкрашенных в невыносимо лимонный цвет, и лениво поднял заднюю ногу. Часы показывали ровно одиннадцать. В зеркало мне была видна арка, я почему-то был уверен, что именно оттуда выйдет Спиридонова. Вместо неё появился мужчина. Я бы не обратил на него внимания, если бы не его рука — рука была обмотана тряпкой — то ли пледом, то ли шарфом. Девочка на площадке пыталась играть с псом, она нашла палку и теперь бросала её в сторону помойки. Пёс сопровождал полёт палки поворотом бородатой головы, но с места не двигался. Девочка сама шла к помойке, подбирала палку, возвращалась и снова бросала её. Мужчина обошёл мою машину, он придерживал забинтованную руку, как держат грудных детей. Он наклонился к пассажирскому окну и кивнул мне. Я опустил стекло.

— Вы — Лактионов.

Он не спросил, а произнёс утвердительно. Так человек в магазине, подойдя к прилавку, говорит — ага, вот ананас.

— Да, — кивнул я.

Я не успел удивиться, не успел спросить, откуда он знает мою фамилию и что ему от меня нужно, краем глаза я увидел, как девчонка ведёт понурого пса мимо помойки к подъезду, как с мусорных баков взлетели голуби, успел подумать, что пёс вряд ли протянет до осени, а у меня никогда не было собаки, одни лишь скучные аквариумные рыбки — вуалехвосты, неоны и... Как назывались те важные, серебряные с траурными полосками, аристократичные рыбы, я не мог вспомнить, а мужчина неожиданно сунул в окно забинтованную руку и теперь я увидел, что рука была обмотана махровым полотенцем тёмно-синего цвета. Раздался громкий хлопок и из полотенца вместе с искрами, трухой и дымом вырвалось пламя. Мощный удар в лоб, точно ломом. Жгучая боль и мысль, что случилось что-то непоправимое.

4

Те аквариумные рыбки назывались скалярии.

Я падал в бездонную черноту, в пропасть, в Марианскую впадину. Страха не было, не было и любопытства, единственное чувство, если его можно назвать чувством, было безразличие. Апатия и глобальная скука. Исчезло и время. В принципе, я и раньше подозревал, что время является не более чем иллюзией, придуманной для нашего удобства и простоты, вроде линии горизонта и теории вероятности.

Можно было бы провести параллель, точнее, не параллель, а круг, и сравнить моё нынешнее состояние с ощущениями ребёнка до его рождения — можно было бы, но мне это тоже было безразлично.

Скалярии живут в дельте Амазонки. Они не плавают, они скользят, их тело похоже на тонкий лист серебра, всё их чуткое тело один большой плавник. Иногда их называют ангелами Амазонки.

5

Первыми вернулись запахи. Странно, что такая эфемерная ерунда — невидимая, беззвучная и неосязаемая — может реанимировать огромные пласты памяти, причём, не только информационно, но и эмоционально. Запах боли, аромат покоя; вдруг откуда-то пахнуло пылью тамбура, смолой шпал, креозотом, горячим железом и тут же приторная вонь то ли сирени, о ли черёмухи — запах вывернут на полную громкость, до предела, он переходит в тухлый смрад букета пионов, забытого в вазе перед отъездом.

Потом появились звуки. Сперва острые и мерзкие, как осколки тонкого стекла, рассыпанные по мохнатому ковру. Звуки цикали и цокали, иногда дребезжали, я казался себе весенним лесом, и мой лес был забит стаями суматошных пичужек с острыми клювами — стеклянными-оловянными-деревянными. Сквозь гомон, где-то вдали, журчала вода: ворчала сырая цепь, скрипела уключина, плескало весло.

Я начал различать голоса — глухие, как сквозь ватную стену, невнятный бубнёж, когда угадываешь только интонации. Слов было не разобрать. Там могли говорить хоть по-китайски.

Вернулась боль. Болело сразу всё. Палитра боли была изысканной: от нестерпимого жжения до тупой ломоты; такое впечатление, что тебя в состоянии жесточайшего похмелья долго били ногами, потом возили лицом по ковру, а после кубарем спустили с длинной каменной лестницы.

Первым словом, которое мне удалось расслышать, было имя Лоэнгрин. Его произнёс женский голос. С усмешкой голос добавил — какие родители с фамилией Литвак могут назвать сына Лоэнгрин?

— Лоэнгрин Литвак — каково?

Этот Литвак владел частной юридической конторой. Он был знакомым отца, я видела его пару раз у нас дома — гладкий и скучный, как яйцо вкрутую, и такой же бледный, точнее, бесцветный — почти альбинос. Было лето, я только что закончила школу, родители решили, что мне будет полезно где-нибудь поработать, пока я не выберу колледж. Меня особо не интересовало ничто. Полезно поработать — да ради бога.

Мать привезла меня на интервью, сама осталась в машине.

Само интервью я не помню, контора была тесной, в прихожей, заставленной стульями, за столом сидела секретарша, ветхая, как больная птица. В кабинете Литвака пахло фальшивым яблоком с корицей, такую же свечку зажигала мать на кухне после того как жарила там рыбу. «Работа достаточно скучная», — Литвак усадил меня в огромное кресло, которое почти проглотило меня. «А мне нравится скучное», — неожиданно для себя ответила я. Мне показалось, что он обиделся. Пыльный луч лежал на ковре с восточным орнаментом, и было заметно, что ковёр старый и грязный. В тени ковёр выглядел старинным и чуть ли не антикварным. Восточный узор сложился в страшную рожу с кабаньими клыками. Литвак что-то бубнил, изредка подкашливал, прочищая горло.

Работа действительно оказалась скучной.

Я перепечатывала заявления и подшивала справки в картонные папки. К полудню на меня наваливалось беспросветное уныние. Яблочный воздух густел, от корицы чесались глаза, я с трудом передвигалась. Литвака это раздражало, он хлопал в ладоши перед моим носом: «Ну-ка проснись!». Я что-то блеяла в ответ и продолжала смиренно погружаться в трясину.

Клиентов нам, очевидно, поставляла кунсткамера. Ни одного более или менее стандартного человека, ни одного. Старик с жутким шрамом через всё лицо пытался засудить соседа и его собаку, «чёртов кобель тявкает и тявкает, мать его, всю ночь!» — он даже приносил магнитофонную запись, на которой, впрочем, ничего кроме треска и шипения, не было слышно.

Толстая дама с замысловатой причёской цвета яичного желтка, конструкция напоминала свадебный торт, сооружение поддерживали яркие ленты и шпильки, украшенные маленькими розами. Она требовала денежной компенсации с авиакомпании за утерянный багаж.

Приходил настоящий карлик в непомерно высокой шляпе. Он говорил сочным баритоном телеведущего.

Был каскадёр без левого уха. Наголо обритый череп казался резиновым, из такого материала штампуют розовых голышей, которые тонко пищат, если им надавить на живот. У каскадёра вместо уха темнела дыра. Я боялась туда смотреть, мне казалось, что там, в глубине, можно разглядеть сероватый мозг. Каскадёр судил киностудию, режиссёра и ещё какого-то Карла Кунца.

Работа оказалась не просто скучной, от такой работы впору было удавиться. По большей части я пребывала в каком-то трансе, как люди, которых гипнотизируют в цирке. «Эй! Очнись!» — Литвак хлопал в ладоши перед моим носом и совал мне справку, которую я перепечатывала утром, — «Что это за слово, я тебя спрашиваю? А это? А вот?».

Ошибок было много. К тому же некоторые документы подшивались в неправильные папки. Литвак уже орал на меня при клиентах. «Ты что — нарочно?» — он краснел лицом и комкал бумагу.

Я могла хлопнуть дверью и уйти. Он мог меня уволить. Но этого не происходило: каждое утро я появлялась в конторе и всё начиналось сначала. Иногда Литвак, обычно под вечер, вызывал меня к себе, усаживал в кресло и начинал говорить тихо и ласково. Было странно, что он тратит на меня время, но внимание взрослого человека льстило, к тому же он называл меня «сильной, но сложной и противоречивой личностью». Такого мне никто и никогда не говорил.

Была пятница, около пяти, я уже собиралась уходить. Литвак распахнул свою дверь и гаркнул: «Иди сюда!» Я вошла, он грохнул дверью. «Что это?» Он ткнул пальцем в какую-то бумажку на его столе. Я подошла, то была копия медицинской справки каскадёра, которую я печатала утром.

«Что это?» — заорал он.

Я пожала плечом.

«Что это, я спрашиваю?

«Справка».

«Справка? А ну читай! Читай!»

Я наклонилась. Начала читать. Неожиданно Литвак схватил меня сзади за шею и ткнул лицом в справку. Я ударилась подбородком о стол.

«Читай! Громче читай! Читай!»

Я стала читать громче. Литвак размахнулся и ударил меня ладонью по заду. Потом ещё раз. И ещё. Он бил наотмашь, с душой. Толстая ткань юбки смягчала удары, мне вдруг стало смешно. Я начала смеяться, смех из-за шлепков получался скачущий, как лай. Теперь Литвак бил молча, он только громко сопел, будто изо всех сил грёб на лодке. Не знаю как смех перешёл в слёзы. Наверное, это и называется истерикой. Я уже рыдала вовсю, когда Литвак остановился. Теперь его ладонь лежала на моём затылке. Я продолжала всхлипывать. Необъяснимо сладостная усталость, какой-то томный восторг поднимался откуда-то снизу, из живота, и, упруго пульсируя, толчками растекался по всему телу.

«Ну-ну, всё будет хорошо» — Литвак гладил мою голову. — «Надо просто перепечатать без ошибок».

Именно так я и поступила. Вернулась за свой стол и заново напечатала медицинскую справку. Незаметно опустила руку и тронула трусы, ткань промокла насквозь и была испачканы чем-то липким и горячим.

«Вот видишь. Всё будет хорошо. Нужно только стараться» — Литвак приоткрыл ящик моего стола и просунул туда сложенную пополам купюру.

Дальнейшее гадко и удивительно.

Я старалась, я очень старалась. Недели две прошли идеально и без единой ошибки. Литвак улыбался, дважды я находила в своём столе плитку молочного шоколада с орехами. Потом я специально пропустила слово. Литвак простил. На следующий день я сделала сразу пять орфографических ошибок в одном документе. Я ждала окончания рабочего дня. Секретарша ушла, Литвак вызвал меня в кабинет. Но порки не последовало. Литвак заставил меня наклониться над столом, где лежал документ. Он заставил меня повторять снова и снова «Я тупица и дура». Он не тронул меня пальцем. Я вернулась домой, заперлась в ванной и открыла воду. Вода гремела, я воображала, как Литвак пыхтит, как он лупит меня. Такой глухой звук, будто колотят по матрасу. Тогда мне удалось кончить два раза подряд.

Омерзение стало частью меня, чувство липкое и томное; было ощущение, что всё вокруг измазано клейкой смолой — так бывает, когда прольёшь мёд — пальцы, стол, юбка — всё, всё было липким и грязным.

Безусловно, я была и дурой, и тупицей. Но даже моих куриных мозгов хватило, чтобы понять, в какой трясине я вязну. Да, именно медленное погружение — именно такое ощущение было. Иногда он хлестал меня, иногда просто издевался. Грязь липла и тянула вниз, каждое новое наказание множило бремя.

Последний раз я сделала орфографическую ошибку. Литвак не стал бить меня. Он приказал задрать юбку, спустить колготки и встать на четвереньки. Тогда я действительно испугалась. Я опустилась на колени и оглянулась. Звякнула пряжка ремня, Литвак расстёгивал брюки. Его лица я не видела, видела розовые ноги, без волос, почти бабьи. Он презрительно сказал: «Ты боишься, что я тебя буду насиловать? Не бойся. Ты — тупица. Ты меня не интересуешь».

В моей голове мелькнула мысль — ты можешь уйти. Прямо сейчас, встать и уйти.

Но я продолжала стоять на карачках, я слышала, как Литвак начал громко сопеть, как прерывалось, как дёргалось его дыханье, как он застонал и как тёплая гадость тяжёлыми каплями стала падать мне на ягодицы и на ковёр.

6

Голос прервался. Женщина замолчала. Я слышала, как она шмыгает носом — должно быть, плачет. Хотел спросить, что случилось потом, но вдруг осознал, что не могу этого сделать. Физически не в состоянии произнести даже слово. Я мог думать, мыслительные процессы функционировали, запросто мог в уме составить сложную фразу. Память тоже вернулась. Более или менее достоверно мне удалось восстановить все события, даже мелочи. Всё, вплоть до выстрела. После выстрела наступала темнота.

Справедливо было предположить, что меня спасли. Похоже на чудо, я понимаю, — выстрел в голову, выстрел практически в упор. Но на то оно чудо.

Теперь о скорбном. Да, очевидно, следует признать — рана страшная. Зрение потеряно абсолютно. Способность говорить тоже. Судя по всему — это паралич. Крохотная надежда была, что я нахожусь в коме, но на этот счёт моих знаний явно не хватало, чтобы прийти хоть к какому-то убедительному заключению.

Женщина тем временем начала говорить снова. Тем же слабым и монотонным голосом. Он — её голос — мне нравился, в интонациях слышалась ирония, рассказ подкупал откровенностью, в нём не было желания выставить себя в выгодном свете. Столь честно человек редко говорит даже сам с собой. Может, только перед самой смертью.

Странно, но мысль о смерти не испугала и совсем не расстроила меня. Я даже представил нашу палату, сумрачную, без окон; две койки на расстоянии вытянутой руки. Серые стены, таким цветом красят военные корабли. Палата смертников. Тут не нужны капельницы, ни к чему мониторы пульса и кровяного давления. Пол — серый цемент. Даже без линолеума. Звуки не долетают сюда — мы в подвале. Соседняя дверь — дверь в морг.

— Литвака я больше не видела, — женщина сделала паузу, потом добавила, — двадцать восемь лет прошло.

Я попытался вообразить как она выглядит. Двадцать восемь плюс, предположим, восемнадцать, то есть ей под полтинник. Не девочка, однако. Впрочем, зрелые дамы тоже бывают вполне ничего себе...

— Двадцать семь, — повторила она. — Мне тогда семнадцать было.

Сорок пять, ясно. Моё воображение нарисовало крепкую брюнетку с короткой стрижкой, сильными икрами и маленькой грудью греческой рабыни.

— В юности жизнь кажется тебе сплошной трагедией. А к старости ты понимаешь, что это был сплошной фарс. Комедия.

Нет, скорее, блондинка. Я срочно перекрасил её, добавил рост и бюст. Да, скорее, так.

— Психотерапия — вот где комедия! Групповая или индивидуальная. Прогрессивная мышечная релаксация Джекобсона и аутогенная тренировка Шульца. В клинике Дюбуа женщина-врач заставляла меня мастурбировать в её присутствии, таким образом я должна была разрушить транзактную зависимость и выйти из эго-состояния жертвы. Разумеется, никто не произносил слова «мазохизм». Но именно оно подразумевалось.

Она замолчала. Мои примитивные познания в психологии не давали возможности судить о правомочности такого диагноза.

— Нет, я не из тех, кто отвергает эффективность психоанализа. Просто я моём случае момент был давно упущен. Это как трещина в фундаменте. Если вовремя не отремонтировать...

Она запнулась.

— Унижение — вот откуда пошла трещина. Дело было в унижении. В том, что я была недостаточна привлекательна для него. И он сам об этом сказал — ты меня не интересуешь. Именно такими словами. Ты меня не интересуешь. Если бы он изнасиловал меня, хотя бы попытался. Но ему это было неинтересно. Я была недостаточно интересным объектом даже для изнасилования.

Уйдя от него, я надеялась вырваться. Получилось наоборот. Он теперь незримо присутствовал со мной повсюду. Вожделение, липкая похоть пополам со злобой накатывала на меня каждый раз, когда я вспоминала о нём. Иногда он снился мне. Мы блуждали по каким-то сумрачным комнатам, он вёл меня за собой лестницами, мы поднимались, потом спускались, шли долго и бесцельно, но всегда в конце случалось одно и то же. Иногда оргазм настигал меня во сне, чаще я просыпалась и додрачивала; задыхаясь, теребила клейкими пальцами жаркую и потную манду. Я ненавидела себя, ненавидела его, мне было омерзительно моё тело. Тело, непривлекательное даже для изнасилования.

Она задумалась и замолчала на несколько секунд.

— Весь дом нужно сносить — вместе с фундаментом. И строить заново.

7

Она снова плакала. Потом притихла. Потом я услышал другой голос — мужской. Звучал он приглушённо, интонации были плавными и успокаивающими — покровительственными. Доктор, решил я, расслышав что-то про снижение дозы иммунодепрессантов.

— «Можно утверждать, угроза отторжения миновала», — эта фраза прозвучала ясно и отчётливо.

8

Вести диалог с самим собой вполне нормальная практика психически здорового человека. Слышать в голове чужие голоса всегда считалось отклонением: в Средневековье за такое сжигали, нынешние нравы помягче и костра можно избежать, но зато угодить в психушку. А вот быть самому этим самым голосом, да к тому же в абсолютно незнакомой голове — про такое, скажу честно, я никогда не слыхивал.

Хозяйку головы звали Нина. Та самая дама, которая рассказывала про Литвака. Я выразил осторожное мнение, что ей тогда следовало пойти в полицию или хотя бы сообщить родителям про извращенца.

— С ума сошёл? — взорвалась Нина, — я бы скорей с моста прыгнула, чем кому-то поведала о... обо всей этой... мерзости. Ты понятия не имеешь, что значит быть семнадцатилетней девчонкой.

— У нас в школе Ленка была Коробченко, так она в девятом классе — и это в пятнадцать лет — минет за...

— Замолчи, ради бога!

Я замолкал. Портить отношения с хозяйкой головы, в которой ты всего лишь голос, явно не стоило. В целом мы неплохо ладили, если не считать обоюдного потрясения в самом начале. Впрочем, её смятение было смехотворным по сравнению с тем шоком, который мне довелось пережить: Нина обнаружила внутри себя голос, обладающий интеллектом и хорошими манерами.

Я же со своей стороны был оглушён невероятным фактом, что от меня остались лишь гениталии. Да, дорогие мои, — пенис, фаллос, мужской половой орган. Который был пришит к женскому телу по имени Нина, телу, накачанному мужскими гормонами, антибиотиками и прочей

химической дрянью. Оцените иронию: операция по транс-
плантации меня в Нину проходила в медицинском центре академика Архангородского — да-да, нашего соседа
по кличке Бах, того самого, с девятого этажа. Сам академик
давно переехал на Ваганьковское кладбище, но, очевидно,
успел подготовить смену мастаков-хирургов. Операция,
судя по всему, была успешной. Реабилитационный пери-
од шёл без сюрпризов. Анализы врачей радовали. Нина
благополучно превращалась в мужчину.

— Слушай, — осторожно спросила она меня как-то, —
а это в принципе нормально?

— Что?

— Ну для мужчин… вот это…

— Что?

— Ну что он имеет своё мнение? Он же просто…

— Хер? Елдак! Шишка! — вспылил я. Мог грубее,
но решил приберечь мат для особых случаев. — Ты это
хочешь сказать?

Так, вот тут нужно ступать осторожно — на цыпочках,
как по яичным скорлупкам. Ответ может радикально изменить характер наших отношений; есть точное выражение
для такого случая — изменить в корне.

— Видишь ли, Нина, — я мысленно сделал куртуаз-
ный реверанс, — насколько я понимаю и при этом, заметь,
ни в коей мере не желая обидеть, опыт твоего общения
с противоположным полом замыкался в основном на круге
мужчин с девиациями в области сексуальных отношений — так?

Из её рассказов выходило, что после истории с Литва-
ком она до двадцати двух лет обходила мужчин стороной —
в университете её считали чокнутой целкой-старообрядкой,
последующие отношения с мужским полом носили случай-
ный характер и были непродолжительны по времени. Одни

пугались её, от других она сама убегала в страхе. Несколько месяцев, кажется, три, Нина встречалась с кондуктором электрички, который с воодушевлением выполнял все её требования: привязывал к батарее, хлестал ремнём, изображал глухонемого насильника (одна из её фантазий). Энтузиазм работника транспорта рос, его фантазия оказалась неожиданно затейливой: кондуктор выискивал какие-то заброшенные железнодорожные ветки — была ранняя осень — он верёвками приматывал раздетую Нину к рельсам, а после под видом обходчика путей натыкался на обнажённую. Обходчик, разумеется, был глухонемым. Он был груб — дерзко хватал её, пачкал мазутом, насиловал, они катались, хрустя остывающим паровозным шлаком, жертва сперва сопротивлялась, но постепенно вожделение охватывало и её; пахло шпалами, ржавым железом, тёплым сентябрьским лесом — ну и так далее.

Знакомство их случилось банально: Нина вечером добиралась из Зандзее и была задержана за безбилетный проезд; кондуктор накричал на неё, а после тащил через весь состав по пьяным вагонам, через гремящие оглушительным железом тамбуры; поздние пассажиры упивались унижением девушки, но им было невдомёк, что Нина уже была на грани оргазма. В районе Совиного Острова, считай, на самом подъезде к Северному вокзалу, она впихнула кондуктора в служебный туалет и там в смраде и лязге тесного вагонного гальюна фактически сама овладела им.

— Боль я тоже люблю, — говорила мне Нина. — Но боль не главное. Главное — унижение, беспомощность — понимаешь. Психология.

Кондуктору, напротив, пришлась по вкусу физическая сторона процесса. Ему нравилось крепко, до боли, связывать ей руки, лупить по щекам, щипать и мять тело.

«Сладенького мяска дай!» — он, задыхаясь, хлестать ремнём по ляжкам, по спине, — «Сладенького!»

Когда в ход пошла бритва, Нина действительно испугалась. Она сбежала. Нина никогда не приглашала кавалеров к себе домой, кондуктор не стал исключением.

9

Мне было безумно жаль её. Мне хотелось помочь. Хотелось быть откровенным, честным — до конца. Не мог же я в самом деле признаться ей, что вся квинтэссенция, всё существо, всё, что принято называть человеческой личностью, всё это сконцентрировалось в небольшом органе — не в мозге и не в сердце — нет — в самой паскудной, в самой презираемой части тела, вслух назвать которую при дамах и детях просто неприлично. Будем честными и скажем прямо: фаллос является персоной нон-грата в современном обществе. Если вялый пенис ещё кое-как терпят ревнители моральных устоев, то малейший намёк на эрекцию становится нравственным преступлением.

Осмелься Микеланджело изваять Давида в момент эрекции, то величайшее произведение искусства тут же перешло в разряд порнографии и было бы замуровано навеки в каком-нибудь флорентийском подвале. Гордый фаллос стал изгоем. Человечество научилось игнорировать факт эрекции. Вожделение стало смертным грехом. Какое ханжество, какое фарисейство! Анатомическое явление, без которого невозможно продолжение человеческого рода объявили вне закона, на половой акт приклеили ярлык первородного греха — повторяю по словам: самого первого греха!

И вот же какой казус — не с убийства и не с кражи началось наше грехопадение, не глупость, не враньё и даже не обжорство стали трамплином для прыжка в адскую бездну порока — нет, главным грехом стали влечение, пылкая страсть, жажда разделить наслаждение, принести дар высшего экстаза. Самое мощное и загадочное чувство, то самое зерно из которого произрастает великое и загадочное чувство — чувство любви.

Да, кстати, о чувствах: последним из пяти чувств вернулось зрение.

Зрение возвращалось постепенно: сперва мне чудились чёрно-белые панорамы с мутными призрачными образами. Скучные картины напоминали размытые акварели, пятна клубились и перетекали друг в друга, подобно тучам на грозовом небе.

Потом появился цвет: робкий намёк на ультрамарин, охристые всполохи, внезапно розовый наливался пунцовым и превращался в густой красный кадмий. Лимонные зигзаги вспыхивали и таяли. Иногда картины получались весьма эффектными.

Под конец кто-то по-иезуитски педантичный начал неспешно налаживать фокус. Пятна начали обретать очертания и превращаться в предметы.

Возвращение зрения должно быть ознаменовало вполне успешное и окончательное вживление меня в Нину. Я не очень понимаю, как работает преобразование электромагнитного излучения в конкретный образ, скорее всего, я получал уже сигнал, уже переработанный в картинку из её мозга. Судя по всему, наше слияние завершилось.

— Научи меня стать мужчиной, — умоляла она. — Объясни! Расскажи! Что это значит — быть мужчиной?

Милая моя Нина, ну как такое объяснить? К тому же и сам я никогда не был достойным образцом мужского естества, даже когда обладал всеми конечностями и головой.

— В чём главное отличие от женщины? — в сто первый раз спрашивала она. — Объясни просто, в двух словах!

Ничего себе — в двух словах! Собственно, на эту тему написаны практически все книги на планете, там триллионы слов, да и писали их литераторы похлеще меня. Но даже из всей мировой библиотеки я не смог бы выбрать одну книжку, которая бы давала вразумительный ответ на её вопрос.

— Видишь ли, дорогая Нина, — туманно начинал я. — Если подходить с практической стороны, если обобщить и упростить до примитива, то...

И тут меня озарило.

— Действие! Мужчина — это действие! Это — поступок! Суть мужчины в активном воздействии на окружающий мир. Женщина реагирует чувствами, эмоциями, страстями. Мужчина отвечает действием. Вот!

Я высокомерно замолчал. Я был безмерно горд собой. Я ожидал овации. Нина, однако, не разделяла моего ликования, она скептично обронила:

— Женщина тоже действует...

— О да! — спесиво воскликнул я. — Много ты надействовала? Твоя жизнь превратилась в бесконечный кошмар, в трагедию, в сумасшедший дом — господи ты боже мой — по вине одного жалкого ублюдка. Горемычный дрочило заставил тебя страдать тридцать лет...

— Двадцать восемь...

— Да какая разница! — уже орал я. — Ты спряталась в скорлупку, исчезла из жизни! Ты придушила себя, обрекла муку, ты простила презренному мерзавцу...

— Я не простила! Нет-нет-нет!

— Интересно! — саркастично выкрикнул я. — Она не простила! И в чём это выразилось? В том, что ты пыталась всю жизнь наказать себя — не того подонка, а себя! Ты же практически убила себя — понимаешь? Ты перестала существовать — вот здесь, в этой чёртовой клинике тебе зашили манду и приделали мой елдак! Тебя больше нет!

Уже заканчивая фразу, я пожалел обо всём сказанном. Возникла пауза. Нина молчала, мне в голову не пришло ничего лучше, чем ляпнуть:

— Гипотетически рассуждая...

— Ты считаешь, — она резко перебила, — ты думаешь... я должна отомстить? Да?

Я молчал. Она настойчиво повторила:

— Отомстить? — и добавила ехидно, — гипотетически рассуждая...

Кончался сентябрь. Всю ночь бушевал ливень, а утро получилось ясное — чистое и звонкое как песня юного ангела. Солнце било сбоку, вот оно протиснулось между башнями костёла и застряло там. Мир был мокрым точно его покрыли свежим лаком. Осколки луж пускали шустрых зайчиков, на камнях мостовой лежали длинные тени, похожие на чёрные гробовые ленты. Где-то плакал ребёнок. Канал, тёмный и мёртвый, вода канала казалась пыльной, по ней полз сизый туман. На чугунном парапете изнывал от скуки силуэт вороны. Дома на той стороне сияли как на фламандском пейзаже — чёткие, тихие, на аккуратных острых крышах можно было пересчитать черепицу.

Плана у нас не было, но зато был адрес.

Литвак сменил нарядное имя Лоэнгрин на бесхитростного Ларса. Из провинциального адвоката он превратился в заметную фигуру правого крыла либерально-христианской партии. Мы опоздали к началу его речи, зал оперного театра, где проходил конгресс, был почти полон. Мы прокрались и тихо сели в проходе между задних рядов. Литвак стоял на сцене с микрофоном в руке, огромный экран за его спиной светился партийными цветами — синим, алым и белым. Голос, уверенный баритон с неторопливыми адвокатскими интонациями, благостно тёк из динамиков. Нина сжала кулаки до белых костяшек. В зале было душно, густой воздух отдавал мастикой и солдатским одеколоном. Нина сложила ладони и зажала их между коленок.

— Ничего не получится, — произнесла она. — Не смогу. Просто не смогу...

— Всё получится, — слишком поспешно ответил я.

На экране появились радостные пейзажи, по голубым небесам поплыли вздорно взбитые облака, на отчаянно зелёной траве дети играли с резвой собакой, добрые старики ухмылялись в седые усища, крепкие блондинки ловко накрывали стол под цветущей вишней — расставляли румяные хлеба и глиняные кувшины.

Литвак говорил о традиционных семейных ценностях.

— Что за акцент у него? — спросил я.

— Не акцент. Это брабантский говор, южный. Консервативная часть страны, их избиратели.

Судя по восходящим интонациям и паузам для аплодисментов, речь подходила к концу. На экране снова возник флаг с логотипом партии — крест и дубовый лист, Литвак подошёл к краю сцены и выставил руку с микрофоном в зал, в зале загалдели и захлопали, Литвак засмеялся и тут камера дала крупный план — хохочущая рожа во весь экран.

Толком разглядеть лицо я не успел, Нина нырнула головой вниз и зажмурилась.

— Тот фрагмент памяти застрял, как кость в горле — невозможно проглотить, нельзя выплюнуть. Несколько минут унижения прокручивались снова и снова в моей голове, как запись — в цвете, со звуком и запахами. Как короткое замыкание, как сбой в системе — понимаешь? Все эти годы... Каждый день. Каждый...

— Замолчи! — перебил я. — Звучит как монолог из дрянного сериала.

Полуголый клён стоял в рыжем круге опавших листьев. Утренние обещания не оправдались, небо погасло, посерело и стало плоским. Начинало моросить. Либеральные христиане покидали здание оперы, оживлённо переговариваясь и смеясь. Конгресс, очевидно, удался. В окружении почитательниц — полдюжины дам — вышел Литвак, он сиял медной лысиной и напоминал сатрапа мелкого царства.

— Не получится, — прошептала Нина. — Не смогу я...

— Ты не сможешь, я смогу! — и добавил мягче, — ты просто не мешай, ладно?

Она кивнула. Литвак отделался от свиты, ещё раз обернулся и кому-то благосклонно махнул рукой, после зашагал в сторону стоянки машин.

— Пошли! — скомандовал я.

Из Нины получился вполне достойный мужик. Разумеется, не без моей помощи — в прямом и переносном смысле. Нина оказалась покладистой, мне льстило (понимаю, звучит глупо), но она полностью доверяла мне в вопросах одежды, причёски, манеры держаться и говорить.

Я научил её скупости жестов и краткости фраз.

В людном баре она никогда больше не окликала бармена и не щёлкала пальцами, чтобы привлечь его внимание; она пробиралась к стойке и, поймав взгляд бармена, говорила, глядя в глаза: Бурбон, лёд, корка лимона — спасибо.

Кожаная куртка должна быть чёрной, рубашка белой, а джинсы тёмно-синими.

Никаких белых кроссовок! Белые кроссовки носят японские школьницы, графические дизайнеры и Джерри из комедии «Сайнфилд».

Бриться — каждый день. Никаких вонючих одеколонов, крем после бритья может быть ментоловым и только ментоловым.

Рубаха навыпуск для пенсионеров и гавайских музыкантов. Рубашка должна быть заправлена в штаны, в штанах ремень — кожа под цвет ботинок. Коричневые ботинки только с джинсами.

Изображения любых животных на свитере исключаются абсолютно.

Никаких перстней, браслетов и цепочек. Серьга в ухо — только если ты записался на пиратский корабль. Часы — да, в стальном корпусе с чёрным циферблатом.

Никогда не доверяй человеку, если он через пять минут после знакомства говорит какой университет он закончил.

Если человек употребил слово «прикольно», постарайся больше с ним не общаться.

Караоке — никогда! Танец — только с дамой.

Если ты готовишь блюдо с вином, то это вино должно быть достойным употребления самостоятельно.

Избегай людей, которые рассказывают, как они маринуют шашлык.

Никогда не играй в карты с человеком в бейсбольной кепке.

Если незнакомец спрашивает тебя о профессии, ответь кратко: архитектор и постарайся поскорее отделаться от него.

Когда тебе хочется надеть что-то яркое, надень бирюзовые носки.

Майка может быть только белой или чёрной. Впрочем, нет — только белой.

И главное — не прячь глаза, когда говоришь, всегда смотри в лицо собеседнику.

13

Литвака я догнал у машины. Разумеется, новый «ягуар» чёрного цвета.

— Отличная речь! — сказал я, улыбаясь. — Поздравляю!

— Спасибо, — он уже распахнул дверь, но остановился. — Вы наш член?

Мне с трудом удалось не рассмеяться.

— Не просто член — донор. Контрибьютор, точнее.

— Мы должны быть знакомы, — Литвак явно пытался пристроить моё лицо в одну из ячеек его памяти.

— Нет. Мне пришлось пару лет провести за границей. К тому же я предпочитаю делать пожертвования анонимно.

— Чтобы левая рука не ведала, что делает правая, — обрадовался Литвак и мелко перекрестился. — Как завещал наш небесный учитель.

В этот момент с юга донёсся раскат грома. Мы одновременно посмотрели вверх. Со стороны Таннен-Лу, цепляясь мохнатым подбрюшьем за шпили церквей, выползала густая чёрная туча. Надвигалась гроза.

— Как завещал небесный учитель, — повторил я и протянул руку. — Беккер.

— Очень приятно, господин Беккер, — он пожал руку. — А чем вы занимаетесь... если это не военная тайна?

— Архитектор.

Крупные капли торопливо застучали по крыше машины. Тротуар начал быстро покрываться тёмными точками. Их становилось всё больше и больше. Через минуту тротуар из светло серого стал чёрным. Мы уже сидели в машине. В салоне чуть пахло цитрусовой дрянью.

— Вы где остановились, господин Беккер? — Литвак включил зажигание, мотор утробно заворчал, панель зажглась таинственным ультрамарином.

— Убедительно, — я одобрительно провёл рукой по пластику торпеды. — Движок — восьмёрка?

— Ага. Пять литров. Пятьсот лошадей! Шестьдесят километров делает с нуля за четыре секунды, — Литвак старался не хвастаться, но у него не получалось. — Так где вы, господин Беккер, остановились?

До гостиницы было минут десять пешком — мы ехали почти сорок. На Лейден попали в пробку, кое-как выбрались, но тут же попали в другую. Дождь превратился в тропический ливень, потом в водопад. По тротуарам неслись бурлящие реки. Стало темно, уличные фонари боязливо моргнули пару раз, после зажглись.

Грохот ливня мешал говорить, мы перебрасывались фразами, лишь по интонации догадываясь о чём идёт речь. Громыхало прямо над головой. От вспышек молний город застывал на миг, холодный свет останавливал потоки воды, выхватывал рваный силуэт крыш и башен.

Ослепительный зигзаг порвал чёрное небо и вонзился в купол храма Всех Скорбящих. Если наш небесный учитель действительно существует, то ему прямо сейчас предоставлялась великолепная возможность одним точечным ударом молнии осуществить правосудие. Я не очень верил в такую возможность, но на всякий случай отодвинулся от Литвака.

Он затормозил напротив гостиницы, прямо под знаком. Пробка на мосту рассосалась и машины неслись мимо, обдавая нас веером брызг. Гроза уползала на север в сторону порта.

Литвак повернулся и кивнул, давая понять, что моё время подошло к концу.

Нина, прилежно молчавшая всё это время, трусливо шепнула: «Уходи! Пожалуйста, уходи!». Мне вспомнилась финальная сцена убийства из «Лолиты», сцена нелепая и больше похожая на фарс именно потому, что сам автор не был способен убить человека. Будь у меня в кармане тот револьвер, смог бы я достать его и нажать курок? Выстрелить в упор в это румяное довольное лицо? Но тут начинался Достоевский, в его рекомендациях я точно не нуждался.

— Вы ведь начинали как юрист? — спросил я.

— Да. У меня была адвокатская контора, — Литвак поднял руку, посмотрел на часы и кратко добавил. — Не в столице, в провинции.

— Ну да. Маленький городок, скучные делишки. Пацаны в сад залезли, соседская собака гавкает...

— Извините, Беккер, — он показал на часы. — Время.

— Конечно. Один вопрос.

— Слушаю, — он сердито одёрнул манжет рубашки. — Говорите!

— Нину помните? Она у вас несколько месяцев...

— У меня много кто работал, — перебил Литвак. — Когда это было?

— Двадцать семь лет назад.

— Вы смеётесь? — Литвак выкрикнул гневно. — Двадцать семь лет! Какая Нина к чертям собачьим! Нина! Никакой Нины я не помню!

В конце фразы он сорвался на фальцет. Дождь кончился. Во внезапной тишине голос Литвака звучал резко, по-бабьи. Щётки дворников со скрипом сновали по сухому стеклу.

— Странно это, — мирным тоном произнёс я. — Странно, что не помните — вы же юрист. Как у вас такое называется? Принуждение к действиям сексуального характера субъекта, не достигшего совершеннолетия...

— Что вы несёте? — заорал Литвак. — Вы кто — шантажист? Журналюга? Аферист?

— Кончай орать, — перебил его я. — И дворники выруби...

Он осёкся, замолчал и послушно выключил щётки.

— Нине было семнадцать... — попытался продолжить я.

— Никакой Нины не было...

— Тихо! Прекрати истерику.

Литвак замер, точно рептилия, быстро облизнул губы. Неожиданно спокойно, почти равнодушно заговорил:

— Ничего у вас не выйдет, господин архитектор, — усмехнулся. — Срок давности!

Он щёлкнул пальцами у меня перед носом.

— Да, и ещё такой нюанс: в следующий раз, когда соберётесь кого-нибудь шантажировать, советую тщательней наводить справки. Информацию собирать надо тщательно и кропотливо! Скрупулёзно!

Литвак стукнул кулаком по рулю. И, ухмыляясь, добавил:

— Не Нина — Лора звали её. Лора! И мне вовсе не требовалось её принуждать, зассыха сама с радостью легла под меня. Ага! Про это она вам не говорила? На вид — маргаритка нецелованная, а на деле матёрую шлюху за пояс заткнёт в два счёта. Такие изобретательные, такие лапочки... И в самом соку...

Он шумно вдохнул.

— У них в этом возрасте, — продолжил с торопливым азартом, — в этом возрасте особая тяга к зрелому мужчине. Особая тяга... И не воспользоваться таким моментом просто... просто глупо. К тому же я возьму её ласково и нежно — со знанием дела, научу сладким хитростям, всяким затейливым уловкам. Какой смысл противиться природе? Ведь если она не ляжет под меня, то непременно даст какому-нибудь прыщавому сверстнику, который отдолбит её как дятел за три минуты и смоется, не сказав ни спасибо, ни до свидания. К тому же непременно обрюхатит, заразит триппером или ещё какой-то...

Литвак оборвал себя на полуслове. Ладонью вытер губы.

— А теперь — он посмотрел мне в глаза. — Пошёл вон. Архитектор. Пока я тебя самого не посадил за шантаж. Вон — я сказал!

Дальнейшее произошло быстро и стало полной неожиданностью для меня самого. Я расстегнул молнию на куртке и сунул руку во внутренний карман. Литвак настороженно следил за мной.

— Шантаж? — переспросил я тихо. — Нет. Таких как ты нужно отстреливать. Пулями из свинца и желательно прямо в лоб.

Я смотрел ему в глаза. В них мелькнуло удивление, после страх, потом ужас. Литвак открыл рот, но не произнёс ни звука. Он заворожённо следил за моей рукой. Мой внутренний карман был пуст, если не считать мелкого мусора, который неясным образом материализуется на дне мужских карманов. Мои пальцы нащупали какую-то бумажку, я зажал её в кулак и начал медленно вытаскивать руку.

В животном мире реакция на страх выражается в трёх действиях: драться, застыть или бежать. Инстинкт самосохранения подсказывает нам, какое из действий в данной ситуации является оптимальным. Литвак выбрал третье. Он резко распахнул дверь и выскочил из машины. Его неуклюжая фигура силуэтом застыла на миг в проёме. Оглушительный визг тормозов и зычный вой клаксона слились в один адский звук. Гулкий удар, лязг и скрежет металла — тут нужно не тире, а знак молнии: не то что понять, я не успел даже увидеть, что произошло. Грохочущий болид, красный и сверкающий, пронёсся мимо. Он смёл Литвака вместе с дверью.

В пустом проёме сияла лужами мокрая улица, перед входом в отель стояла тележка с пирамидой чемоданов, девица начала закрывать ярко жёлтый зонт, но так и застыла. Фигуры прохожих замерли, их головы были повёрнуты в одну сторону. Мне очень не хотелось, но я тоже посмотрел туда. Впереди, метрах в двадцати, моргал задними фонарями двухэтажный туристский автобус. Меня поразило беззвучие. Я разжал кулак, на ладони лежал фантик от шоколадки. В отелях средней руки горничные после уборки комнаты кладут такие шоколадки на подушку. Вроде мелочь, а гостю приятно.

14

Полицейский участок напоминал сонную контору. Чистую и скучную, вроде бухгалтерии. Никто не орал в телефон, не ругался, не было ни живописных проституток в розовых перьях и сетчатых чулках, ни угрюмых бандитов в наручниках. Никто не предложил даже дрянного кофе в бумажном стаканчике.

Дежурный констебль, судя по трём жёлтым полоскам на чёрном шевроне, выглядел подростком лет пятнадцати, он был девицей с длинной польской фамилией, состоящей из одних согласных. Девица задавала вопросы и одновременно с нечеловеческим проворством тюкала по клавиатуре ноутбука. Мы сидели в пустой комнате, на вопросы отвечала Нина, я помалкивал.

Девица развернула компьютер, мы посмотрели видео происшествия, снятое камерой наружного наблюдения отеля. Скверное чёрно-белое качество и отсутствие звука придавали записи ощущение ирреальности, какого-то полубреда, когда твоё сознание додумывает то, что ты не в состоянии разглядеть. Такое ощущение жути у меня возникает от первых, ещё немых, фильмов Фрица Ланге. Мутные картины, точно снятые под водой, похожи на обрывки сновидений сумасшедшего, где ужас возникает не от увиденного, а от того, что не вошло в кадр.

Водитель автобуса скорость не превышал, он затормозил сразу, тормозной путь по мокрому асфальту составляет тридцать-сорок метров, что было подтверждено экспертами на месте происшествия.

— Вы были знакомы раньше? — констебль развернула компьютер к себе, — с потерпевшим?

— Да. Он был приятелем родителей и бывал у нас дома.

— Давно это было?

— Двадцать семь лет назад. Когда мы жили в Трибергене. Литвак владел юридической конторой.

— Триберген? — констебль остановилась, подняла глаза.

— Да.

— Но Литвак из Эйнтховена...

— Нет. Триберген. Его тогда звали иначе — Лоэнгрин. Лоэнгрин Литвак.

— Лоэнгрин? — девица хмыкнула и снова бойко затюкала по клавишам.

С минуту она тарахтела клавиатурой, иногда останавливалась, хмыкала и снова продолжала тарахтеть. Её пальцы сновали по клавишам с какой-то нечеловеческой скоростью. По коридору кто-то громко протопал, потом гулко хлопнула дверь.

— Ваш Литвак, — девица произнесла чётко, — умер семь лет назад.

Она сделала паузу, после, глядя в экран, прочла:

— Лоэнгрин Литвак отбывал наказание в тюрьме Цвайгерлаан, статья двести сорок девять-бис, сексуальные или развратные действия в отношении лица, не достигшего совершеннолетия, где и скончался в результате инфекционного перитонита, вызванного ущемлением грыжи.

На город тихо опускалась ночь. Становилось зябко. Попахивало мокрой сажей, горьковато, как из старой печки. Мы шли вдоль канала. Нина молчала, я тоже. Фонари, расставленные через каждые тридцать шагов, вели нас всё дальше и дальше. Там, в темноте, цепочка жёлтых огней напоминала бисер на нитке. Покинув полицейский участок, мы не перекинулись и словом, я понятия не имел, что она чувствует или о чём думает. Сизый обмылок луны упал в чёрную воду, казалось, канал до краёв заполнен смолой. Чёрной застывшей смолой. Я хотел сказать об этом, но почему-то промолчал. Хотел спросить, куда мы идём, но тоже не спросил. Просто считал шаги и молчал. В конце концов — кто я такой, чтоб задавать вопросы. Червяк и только.

Неожиданно Нина остановилась, подошла к самому краю канала. Заглянула вниз — в непроглядную черноту. Там запросто могла быть пропасть или адская бездна.

— Ты знаешь, — спросила, — почему в Амстердаме у каналов нет ограждений?

Я хотел сострить, но на всякий случай воздержался. Послушно спросил:

— Почему?

— Каждый человек отвечает за свои поступки сам. Сам.

Сентенция показалась мне вполне банальной, но я и тут промолчал. Из канала тянуло влажным холодом, где-то вдали громыхнула мокрая цепь.

— Там, в полиции, был момент, когда мне по-настоящему стало страшно...

— Какой момент?

— Когда она сказала, что... тот умер в тюрьме.

Нина запнулась, но быстро продолжила.

— Мне стало страшно, от той радости, что я испытала, услышав о его смерти. Даже не радость — восторг. Экстаз! Какое-то сумасшедшее упоение...

— Вроде оргазма?

— Получше, — Нина засмеялась. — Как сто оргазмов. Половина в сердце, половина в мозгу.

— Жаль, мне ничего не перепало.

Нина пропустила моё замечание.

— Но ты был прав, — сказала она, — месть всегда занимательней в теории.

Такого я ей никогда не говорил, но спорить не стал.

— Впрочем... — Нина смачно, по-мужски, плюнула в канал. — Впрочем, и в реальности...

Она засмеялась, звонко хлопнула в ладоши.

Я тоже засмеялся:

— Не так уж плохо, а?

— Совсем неплохо, господин Беккер! Думаю, самое время слетать в Москву и нанести визит вашей супруге гражданке Спиридоновой. Как ты считаешь, милый?

— Отличная идея! Только не супруге — вдове.

ПЕТЛЯ

Рассказ

Москва,

Силикатный округ, ЦПК-7.
Чрезвычайный трибунал под председательством
генерала Золотой Категории Спиридоновой Е.А.
рассмотрел дело с/к Цаплина Е.Е. и установил,
что действия, мысли и высказывания Цаплина Е.Е.
носят открыто вражеский характер и направлены
на подрыв государственного строя, православного
уклада и морально-культурных устоев общества.

Цаплин Е.Е. реабилитации не подлежит.
Приговорить Цаплина Е.Е. к смертной казни
Волей Народа.

Приговор привести в исполнение завтра 7-го августа,
в пятницу, сего года. Место исполнения — Таганская
арена ЦО г. Москвы. Ответственный — экзекутор
Второго ранга хорунжий Дудь Ф.К.

Приговор окончательный и обжалованию не подлежит.

1

Речь Спиридоновой заняла минуты три. Цаплин выслушал приговор с рассеянной улыбкой, если честно, то он даже не слушал, он подбирал рифму к слову «чаще». Хотелось вот так, но так уже было написано до него:

Впрочем, чаще
нагая преследует четвероногое
красное дерево в спальной чаще.

Рифма должна состоять из двух элементов: ожидаемого и внезапного. Цаплин искал неожиданную рифму, чтоб слово удивило, ошарашило, обожгло. Дело даже не в самом слове, а в комбинации фразы, в конфликте смыслов. В конфликте звуков. Ведь, если вдуматься, то суть искусства именно в создании критического напряжения. Великая красота возникает лишь при нарушении пропорций.

Чуткой, жуткой, странной дрожью
проникал меня всего.

Охранник громыхнул засовом, вывел Цаплина из клетки. У охранника была смешная фамилия — Дудь и Цаплин придумал несколько потешных частушек — да и как тут удержаться, когда само рифмуется: и не забудь, и блуд, и мудь, и даже, если исхитриться, то можно зарифмовать «и кто-нибудь». Тот факт, что Дудь был не простым охранником, а экзекутором второго ранга, поэта не занимал, Цаплин политикой не интересовался, радио не слушал, на марши не ходил. Цаплин сочинял стихи.

Родился ты. И помни вечно, что мы
песчинка, капля, жмых.
Что доброта не бесконечна, и, если будешь
жить беспечно,
Начинкой станешь чебуречной, горшком
в приюте для дурных.

Дудь пристегнул цепь к ошейнику, толкнул Цаплина в спину. В зал уже вводили, точнее, вносили, следующего обвиняемого. На военных носилках лежала женщина с лицом мумии. Пахнуло гнилью как от забытой вазы с мёртвыми цветами.

Цаплину тут же пришла в голову первая фраза «Даже смерть не спасёт от возмездия...» Да, это хорошо — даже смерть не спасёт. Но причём тут возмездие?

— Руки! — гаркнул охранник.

Цаплин послушно скрестил руки за спиной. Дудь пнул Цаплина коленом в зад и вытолкнул из зала. Они прошли гулким коридором, низким и тёмным, поднялись по узкой лестнице и вышли на свет.

Каталка экзекутора была на дутиках, слава богу, не на литой резине, Цаплин впрягся, ухватился за оглобли. Охранник плюхнулся в кресло, оглянулся и дёрнул за цепь ошейника.

— Будешь трясти — зубы выбью! Гони, сука! — крикнул весело. — Через Кремлёвку жарь!

Балчуг был немноголюден. Цаплин бежал резво, ловко огибая каталки помедленнее. Охранник иногда дул в свисток, просто так, для забавы. Прохожие на тротуаре, услышав полицейский свисток, тут же останавливались и садились на корточки.

*Охранник Дудь в свисток он дуть
Был мастер, а не как-нибудь...*

Дорога пошла в гору, на мост. Цаплин сбавил скорость. Тут даже на дутиках не разгонишься.

*Щёчка, строчка, два листочка, ушки, ножки,
пара глаз,
И волосики-росточки в сумме составляют нас,
По чуть-чуть от папы с мамой, деда
с бабой-тоже чуть,
И от солнышка, пожалуй, каждый лучик...*

— Правей бери, лишенец! — гаркнул Дудь.

Левая часть моста была разбита. Из развороченного покрытия торчала арматура, гнутые железки, уже совсем рыжие от ржавчины. Из трещин в асфальте росла трава и карликовые берёзки. На той стороне реки голые мальчишки сигали в реку прямо с парапета. Они визжали, плескались и плавали наперегонки. Которые посмелее, пытались вскарабкаться на хвост сгоревшего «мига», что высился над водой посередине реки. Цаплин сам когда-то запросто доплывал до самолёта, но на хвост вскарабкаться удавалось лишь Фоке, по-обезьяньи ловкому, чернявому пацану из параллельного «б». Тогда на отмели ещё водились раки, их запекали в костре, прямо тут, на берегу.

Дудь ткнул рукой в сторону берега.

— Раков ловили! Вон там, — крикнул экзекутор, повернув голову. — В углях их, подлецов, зажаришь, помню. Они краснеют — клешни, усища, хвосты! А панцирь высосать — вот где смак!

Дудь отвернулся и весело выматерился. Звонко хлопнул себя по ляжке. Бритая голова Дудя, розовая и гладкая, напоминало бабье колено. Цаплин неожиданно понял, что они с охранником одного возраста.

— Через Рыбин? — вежливо спросил Цаплин. — Или по Зарядью?

— Дуй через Рыбин! — ответил Дудь.

На Васильевской горке маршировали пионеры. Вожатая, худая и некрасивая тётка, злым голосом выкрикивала начало речёвки, пионеры писклявым хором ей отвечали. Ветер гонял пыль по пустоши, Цаплин помнил, когда тут росли лопухи, прямо тропические джунгли. Из-за радиации лопухи вымахивали под два метра. На лопуховом поле, тут, в Зарядье, происходили настоящие сражения, окрестные мальчишки сходились стенка на стенку, дрались люто, без правил и без жалости. У Цаплина до сих пор остался шрам на левой скуле от кастета.

Порыв ветра обдал песком. Цаплин зажмурился, Дудь закрыл лицо ладонями.

— Мне рассказывала... — охранник повернул голову. — Бабуся мне рассказывала, что тут раньше гостиница стояла — огромная, этажей сто. Там западло жило...

Он замолчал, начал мелко отплёвываться.

— Ну и пылища... — вытер пальцами рот. — Ага — этажей сто. Столовки на каждом этаже. Ханька и хавчик, прикинь, всё западное — финское, польское! Бабуся говорит, минетки наши туда шастали, за харч и курево сосали у западла.

Цаплин тоже слышал и про гостиницу, и про минеток. Только ему рассказывали, что минетки все были офицерками из УПБ. Вроде там специальный полк был — из минеток. И звали их как-то особо — путанты, что-ли.

— А как мы тут рубились! На Лопуховом поле! — Дудь зычно чихнул, харкнул в сторону.

Брызги попали Цаплину в лицо. Он, продолжая толкать каталку, утёрся локтем. Дорога петляла, убитая высохшая глина казалась от солнца белой. От кремлёвской пади несло тёплой тиной. Страшно хотелось пить, Цаплин облизнул губы, на зубах захрустел песок. Цаплин незаметно сплюнул под ноги. На обочине стояла старуха, увидев полицейского, она быстро села на корточки. Дудь лениво дунул в свисток.

— Помню, «солёные» с «хохловцами» объединились против «китайгородцев». Вот сеча была!

Цаплин помнил эту битву. Ух какое было побоище. «Китайгородцы» запросто разгромили бы «солёных», но те позвали «хохловцев». Стояла дикая жара. Середина июля, кажется. Именно тогда железным прутом Бяше раскроили череп. Кляксы густой крови засыхали на зелёных листьях глянцевыми брызгами, будто кто-то разбил банку малинового варенья. Бяша лежал и умирал прямо тут, в лопухах. Фока сорвал рубаху, разодрал её и пытался забинтовать ему голову. Но кровища хлестала точно из шланга, сам Бяша стал серым, цвета сырой глины. Он вдруг выгнул спину и страшно выпучил глаза, будто увидел какую-то жуть.

Фока, голый и грязный, повёл «китайгородцев» в атаку. Мы отомстим, сказал он, теперь у нас развязаны руки. Мы будем драться, будто нас уже убили! Он поднял с земли камень и крикнул: «Бить в висок!» Цаплин камня не нашёл, да он бы всё равно вряд ли смог бы ударить человека камнем в висок.

«Хохловцы» побежали. «Солёных» оттеснили к набережной, они прыгали с парапета в реку. Тех, кто не успел, ловили и били ногами. Фока притащил пленного, из «солёных». Сказал, что мы должны его казнить. За Бяшу. Так будет справедливо.

Пленный, плотный коротышка, рыдал и уверял, что он вообще даже не дрался, что его заставил какой-то Гуня, что «хохловцы» принесли заточки и кастеты, там половина хачей с Птички, они и по-русски-то не понимают — горлохваты голимые. А пацаны с Солянки, мальцы чёткие, ежовые — без несчастья. И всегда бьются по правилам.

Фока раздобыл верёвку и сказал, что пленного нужно повесить. Повесить на мосту. Чтоб все в округе знали. Повесим ночью, а утром все увидят — сказал он.

Сохатый сомневался в прочности верёвки, он подёргал её, пытаясь порвать. После смастерил петлю. Накинул пленному на шею, тот завыл в голос, Сохатый апперкотом свалил мальчишку. Пленный катался по земле, просил пощады, вопил, что сирота, что у бабуси никого кроме него нет. Фока зло и молча начал пинать его. Пленный скулил, после затих. Сохатый сунул конец верёвки Цаплину, тот намотал шнур на руку, крепко зажал в кулаке.

Когда поднялись на мост, солнце уже село. Наступали сумерки, тихие и серые. Над Кремлёвской Падью плыл сизый туман, говорили, там до сих пор страшная радиация и что вода в кратере вовсе не вода, а серная кислота, от которой кожа вздувается волдырями. Цаплин видел такие ожоги на руках у Петрикова со второго этажа, потом этого Петрикова забрали, и он больше не появлялся.

Дошли до середины моста. Фока остановился, сказал, будем вешать тут. Кто-то предложил сделать надпись, что мы мстим за Бяшу. Идея всем понравилась, Сохатый добавил: кровью! Мы напишем нашей кровью — прямо тут, на асфальте: «Мы, китайгородцы, мстим за нашего друга Бяшу». Карась сказал, что хорошо бы имя и фамилию указать. Слишком длинно, возразил Сохатый. Начали спорить и обсуждать текст.

— Хорош базланить! — перебил гомон Фока, — давайте кончать суку! Цапа, тащи его сюда!

Все притихли и расступились. Прислонясь спиной к чугунной решётке парапета, стоял Цаплин. Он виновато развёл руками и показал пустые ладони. Пленный исчез.

Фока медленно подошёл, остановился, точно в раздумье. Сунул кулаки в карманы штанов. Цаплин не двигался. Со стороны Замоскворечья долетел вой сирены, глухой и низкий, словно кто-то дул в пустую бутылку. Начинался комендантский час. Фока нащупал в кармане свинчатку, крепко сжал. Свинец был тёплый как живое тело.

Кулака Цаплин даже не увидел. Его голова взорвалась жгучей белой болью, ослепительной и мощной, асфальт выскочил из-под ног, мост подпрыгнул как качели и Цаплин, перелетев через парапет, рухнул в черноту.

2

По Манежу гоняли ментуру, новобранцев из окрестных сёл.

— Гопота, — Дудь зло сплюнул. — Органы засрали. Одна урла идёт!

Горнист трубил отрывистые сигналы — «бегом», «стоять», «кругом», трубил плохо, трель срывалась то на визг, то на писк; казалось, кто-то мучает крупное, но беззащитное животное.

— Строем! — рычал командир. — Строем, мать вашу ёб!

Деревенские строй не держали, делали всё невпопад — толкались, спотыкались и падали, сбивались в кучу. Новобранцы были ещё в цивильном, с белыми нарукавными повязками б/к. Дудь помнил, как его самого гоняли по Манежу, а после гонял он, когда стал сержантом и получил «синьку». Он прослужил в Ж/К пару лет — грязь, бараки, патрульные зачистки; после год отбарабанил в Нижнем, в «фильтрации», на самой границе — вот где адово место — трупы, вонища, вши. Зато после ему подфартило сказочно: комендант Леонович отравился «люлей», а Дудь сходу разоблачил отравителей из местных — одноногую вдову по фамилии Зак и её чокнутую сестру Варю. Сёстры Зак признались в преступлении и чистосердечно раскаялись. Их завербовала польская разведка пять лет назад, они получали яд и инструкции через связного, который работал бакенщиком в деревне Топь.

К сожалению, бакенщик погиб при задержании. Шпион пытался уйти по льду на польскую территорию, но тот декабрь выдался тёплым, и Ока на середине так и не замёрзла.

Трибунал проводил сам Дудь, приговор исполнял тоже он, репортаж о казни транслировали громкоговорители по всей округе. Дудь стал местной знаменитостью, его назначили комендантом лагеря, а из Москвы прислали медаль и указ о присвоении ему звания поручика с переводом в Стальную Категорию.

Сам Дудь считал себя фартовым малым.

Тот случай на Москворецком мосту ему казался чуть ли не чудом и прямым доказательством своей исключительности. Разумеется, он никому не рассказывал, что тот пацан его просто отпустил. В своей версии, Дудь порвал все путы, он бился как лев с двумя дюжинами «китайгородцев», уложил в нокаут самого Фоку, а после прыгнул с моста и спасся, проплыв до самой Яузы. В доказательство своих слов Дудь показывал разбитые в кровь кулаки и багровый шрам от петли на шее.

3

Цаплин остановил каталку у главного входа в Белые Казармы. Патрульные вытянулись и отдали честь. Из репродуктора звучала плавная музыка — то ли мандолины, то ли балалайки. Дудь вылез, потянулся, вытер ладонью розовый череп.

— Ну и пылища... — он отстегнул карабин ошейника Цаплина, коротко приказал. — Сидеть!

Цаплин опустился на корточки.

— Волосы убери, — Дудь раскрыл планшет, начал рыться. — Чтоб палью не воняло...

Цаплин послушно кивнул, обеими руками зачесал волосы назад.

Дудь вынул из планшета зажигалку, самоделку из гильзы, несколько раз чиркнул, потряс, зачем-то понюхал, снова чиркнул. Оглянулся, подозвал патрульного.

— Огонь нужен! — он сунул патрульному зажигалку. — Бегом!

Цаплин покорно сидел на корточках. Он старался ни о чём не думать. Он смотрел на плац, бесконечный и пустой, небо тоже было пусто и бесцветно. Серый бетон, серые небеса, простор, смертная тоска. Музыка оборвалась, в динамике зашуршало, точно там кто-то тайком ел ириски.

Человек-существо фантастическое,
Глянь, ракета летит баллистическая,
Сочиняет романы кручёные,
И готовит колбасы копчёные.
Человек-существо невозможное,
Трусоватенькое, осторожное,

Измерять поточнее пытается,
И отрезать никак –не решается.

— Ты чё лыбишься? — беззлобно спросил Дудь и сам улыбнулся.

— Забавно, — ответил Цаплин. — Завтра в этот час меня больше не будет.

— Юморист! — Дудь зычно заржал. — Философ! Поэт, бля!

Цаплин изобразил неубедительную улыбку.

Завтрашнее не очень пугало его, правда, даже мысленно он не произносил слово на букву «К». Не так давно он мечтал о подобном исходе — на площади, прилюдно, на глазах всего мира. Примерно так: он, Цаплин, декламирует стихи, его голос летит над толпой, грубые палачи заламывают поэту руки и тащат его на эшафот, он продолжает читать, толпа умолкает, даже палачи растерянно замирают, Цаплин сам поднимается на плаху, как на сцену, как на трибуну — теперь его голос подобен грому. Не голос — глас! Он мощнее всех репродукторов на свете. Женщины в толпе начинают рыдать, начинают плакать дети. Мужчины мрачнеют, тайком утирают слёзы. Его стихи проносятся над площадью, летят над Москвой-рекой, петляют в руинах Арбата, несутся над чёрным пепелищем Рублёвки. Голос Цаплина слышат пограничники в дозоре, слышат его «фартовые» в дремучих чащах, голос проникает даже в Главный Бункер. Там над дубовым столом склонился тот, чьё...

— Уснул что-ли? — Дудь больно ткнул Цаплина указательным пальцем в лоб.

— Извините, — пробормотал тот.

— Ну где этот, бля, козёл? — охранник сплюнул и поглядел по сторонам. — За смертью посылать...

Дудь засмеялся, шутка получилась смешная и очень в тему. Он вспомнил, что Веруня придёт вечером, им в «пожарке» выдали яйца — шесть штук. Можно будет капитальный омлетище сварганить. Со свежим лучком. Веруня обещала остаться на ночь. Хорошо бы только тревоги не было.

— Слышь, поэт, — Дудь посмотрел вниз, подмигнул. — А не страшно?

Цаплин пожал плечом. Охранник хмыкнул.

— Чудно! Не пойму одного — какого, бля, хера?

— Извините, в каком смысле?

— Ну на хера ты эти стихи сочиняешь? Ты ж москвич, грамотный пацан, не урла деревенская! Мог бы карьеру сделать — вон, на «вестях» или в «голосе» фраера такую капусту рубят! Мог бы до Стальной категории подняться! Синяя повязка — почёт и уважение! Бабло, тёлки, харч! А ты — стихи!

Дудь говорил громче, постепенно распаляясь.

— Извините, — Цаплин   кашлянул. — Извините, но дело в том, что сочинение стихов происходит непроизвольно. Без моего участия. В ранней юности я перенёс травму — сотрясение мозга, к тому же чуть не утонул. Вполне возможно, что это и послужило…

— Ну ты, бля, баклан! — заорал Дудь. — Ну что ты мне вагранку крутишь? Само у него сочиняется! Тебя же дважды арестовывали! Дважды! И ты знал, в третий раз — кирдык!

Цаплин вдруг засмеялся. Кирдык — третье «К». Казнь, конец, кирдык.

Вернулся патрульный, протянул Дудю зажигалку. Тот потряс её, зажёг. Резко пахнуло керосином, рыжее пламя полыхнуло, закоптило. Охранник прикрутил фитиль, вытащил из планшета железку с деревянной ручкой. К другому концу железки было припаяно кольцо с крестом посередине. Дудь поднёс пламя к кольцу, начал калить. Металл тут же покрылся копотью.

Цаплин не сводил глаз с оранжевого огня зажигалки. Ноги Цаплина затекли и онемели, он незаметно с корточек встал на колени. Дудь мелко плюнул на железку, слюна зашипела.

— Голову поднял! — приказал. — Да не егози ты, прям как целка! Я ж ласково...

4

Цаплин не мог вспомнить, как он оказался на Вдовьей Горке. Боль от ожога, сначала нестерпимо острая, через пару часов унялась и сейчас тупо пульсировала, упруго наливаясь тяжёлым жаром. На Радищевской Цаплин нарвался на патруль. Жандармы избили его, но не сильно, а увидев клеймо на лбу, пнули пару раз для порядка и отпустили. Он спустился по Гончарной к реке. Тут было тихо и пустынно, пахло городским летом, тёплой пылью, жухлой травой, над чёрным скелетом Краснохолмского моста вставал чуткий месяц, на той стороне, где-то в районе Зацепы, малиново тлел пожар.

Цаплин побрёл в сторону Новоспасского монастыря. На отлогом берегу монастырского пруда горел костёр, рядом стояла большая армейская палатка — не палатка, целый шатёр — с красным крестом на линялом брезенте. Вокруг огня сидели женщины, дюжины полторы баб разного возраста. Цаплин подошел и попросил разрешения посидеть рядом. Он сказал, что завтра его казнят, пальцем указал на лоб. Женщины потеснились, кто-то спросил, где казнь, Цаплин ответил — Таганка. Добавил — арена.

— Так это ж десять минут, — бабы оживились, — днём всё равно клиент не идёт. Придём-придём. Спасибо за приглашение.

— А как казнить будут, — поинтересовалась тощая старуха с бельмом на глазу. — Волей Народа?

Цаплин кивнул.

Одноглазая одобрительно кивнула в ответ, аристократично махнула жилистой рукой, отгоняя дым. От костра воняло палёной резиной, там тлела автомобильная покрышка. Девица помоложе, но с совершенно седой копной волос, предложила Цаплину минет, добавив, что, разумеется, бесплатно. Цаплин поблагодарил и вежливо отказался. Женщина в тугом платке с жёлтым ликом старой иконы спросила: казнят за что?

Цаплин задумался. За слова? За мысли? Но ведь он даже не знает, кто шепчет ему эти слова, и кто вливает в его сознание эти мысли. Ведь нелепо даже предположить, что сам Цаплин, профан и недоучка, является автором стихов. Он всего лишь инструмент, вроде флейты.

Цаплин обвёл лица женщин медленным взглядом. Незнакомые лица чужих женщин показались ему невыносимо трагичными и в то же время непередаваемо прекрасными. Не красивыми и не прелестными, нет, — именно прекрасными.

То ли зыбкий янтарный свет, что пламенел на тёмных ликах, то ли чернильная бездна вокруг, а, может, сухой песок его последней ночи на земле, мельчайший чёрный песок, неумолимо бегущий сквозь пальцы, сколь крепко не сжимай кулак: пламя качалось, гигантские тени призрачно бродили по монастырской стене, теперь Цаплину казалось, что они в открытом море и плывут куда-то; и будут плыть бесконечно; и никогда не наступит утро, ведь «никогда» это и есть «всегда» на самом деле, если вдуматься.

Как получается жираф, из пятен, гордости и шеи,
Каприз божественной затеи, так получается
жираф.
Как получается успех, из капель боли и тревоги,
Ногами месим кровь в дороге, так получается успех.
Как получается печаль? Из мелких капелек кручины,
С причиной, или без причины, так получается
печаль.

Он читал стихи до рассвета. Женщины внимательно слушали — они грустили, они смеялись, они плакали, причём плач их был открытый, без стеснения, такой же чистосердечный, как и смех.

В танце нарядном, изогнутых линий,
в глади озёрной луну утопив,
Плавала ночь. Ослепительно синий,
плащ натянув, цвета бархатных слив,

Ночь кончалась. Костёр догорал. Волшебство, как и любое стоящее чудо, таяло и подходило к концу. Небеса светлели в свинцово-серое, месяц исчез, из пролома в монастырской стене торчал ржавый танк без башни. Башня с оторванной пушкой увязла в прибрежном иле метрах в ста от стены.

У костра остался лишь Цаплин да женщина с тёмным ликом святой мученицы. Она порылась в котомке, достала оттуда глиняную трубку, достала матерчатый мешочек, грязный, на верёвочных завязках. Кисет — слово само всплыло в сознании Цаплина, хотя раньше он его и не слышал. Последний раз Цаплин курил в пятом классе, тогда шмалили контрабандную махру — бухарскую, после курение запретили вообще. Сперва ввели штраф, потом — срок. Последние лет десять за курение полагается смертная казнь.

Женщина набила трубку, вынула из костра горящую ветку, прикурила. Трубка зашипела, пахнуло осенним листом, горечью и ещё чем-то пряным, вроде корицы. Женщина выдохнула дым, протянула трубку Цаплину. Тот осторожно затянулся.

— Смерти не бойся, — женщина сказала тихо. — Ты не умрёшь.

Цаплин обрадовался по-детски невинно, хоть и понимал ничтожность шанса остаться в живых. Он затянулся ещё раз и вернул трубку. Она взяла.

— Душа твоя в словах, — тихо сказала. — В стихах. А душа бессмертна.

5

Казнь закончилась до обидного быстро. От начала до конца процедура заняла минут тридцать, тридцать пять от силы. Дудь помнил казни, которые длились часами. Народу тоже пришло немного, хотя и погода выдалась чудесная, да и рекламу крутили вчера целый день по всем радиоточкам Центрального округа.

Прикатил Изюмов из Главупра, на рукаве новенькая повязка синяя, рожа сияет; сам, сука, только кивнул издалека, даже из каталки не вылез, гад. И уехал, конца не дожидаясь. Наверняка теперь денунциацию настрочит в Комиссию. Настроение у Дудя испортилось окончательно. По возрасту, да и по заслугам, чего уж скромничать, ему давно пора носить «синьку». Если не дадут СК, то вполне логичен будет перевод на периферию, снова в какой-нибудь чёртов лагерь.

Вон как Жабинский загремел: ходил по Упру таким козырем, его даже в замы Надрову прочили. И где он теперь, этот Жабинский?

Народ расходился, арена пустела. Дудь сплюнул под ноги. Он помнил, когда тут был сквер с жухлыми кустами и ржавыми скамейками. Травы не было, была сухая глина. Было пыльно и душно, но бабуся водила его сюда, чтобы он мог поиграть с окрестной мелюзгой в «дуньку» или «салочки».

Подкатила труповозка, пара коренастых бурят с одинаково медными лицами проворно отвязала тело от столба и запихнули мёртвого Цаплина в картонную коробку. Под столбом осталась тёмная лужа, буряты засыпали её песком. Дудь дунул в свисток, один из бурятов подбежал и сел на корточки. Дудь выудил из планшета пару минет-жетонов, кинул сначала один, потом другой. Бурят сноровисто поймал обе жестянки на лету, после, не вставая с карачек, по-крабьи, ретировался.

Цирики собирали камни в корзины, комендант арены Вырин что-то спросил у них, те выпрямились, лениво пожали плечами. Вырин направился к Дудю, одной рукой на ходу одёргивая китель. Экзекутор уже знал, о чём пойдёт речь.

— Фальшак? — спросил он.

— Так точно, три фальсификата выявлено, — комендант протянул ему камень.

— Думаешь, орудует та же группа?

— Так точно! Зунгеры с Котельников.

Камень был гораздо тяжелее норматива.

— Вот суки… — Дудь вернул камень коменданту.

— Так точно. И ведь что характерно, на всех трёх фальсификатах наша метка стоит. Таганская.

Экзекутор отряхнул ладони, направился к выходу.

Характерно — почему характерно? Какой идиот всё-таки этот Вырин. Рапорт нужно написать, быстро, прямо сейчас. Упредить Изюмова. Превентивный манёвр профилактического свойства. Нет — упреждающий удар превентивного свойства.

Дудь вышел за ограду. Арена была обнесена железной сектой. По периметру висели линялые агитки, плакаты с портретом Верховного. А ведь он похож удода, — подумал экзекутор и сам испугался своей мысли. Он огляделся и начал громко и фальшиво свистеть нечто бравурное. Срочно писать рапорт, срочно в управу. Промедление смерти подобно!

Но вместо этого Дудь отпустил каталку. Он расстегнул мундир, верхнюю пуговицу, и, продолжая свистеть, направился в сторону Китай-города. Редкие прохожие, завидя его, отходили к краю тротуара и садились на корточки.

Экзекутор не обращал на них внимания, он шагал, свистел, иногда ладонью вытирал бритую голову. Ну и жарища, вот ведь пекло, ну и зной. Вот бы кваску холодного сейчас. Бабусиного — на берёзовых почках настоянного. Дудь вздохнул: нет ни квасу, ни бабуси.

На месте станции метро чернела дыра — не воронка — кратер. Яма там, говорят, глубиной в километр. Западло в ту ночь били гипогенными, накрыли весь генштаб, там бункер был Верховного. Самого в бункере не оказалось — бог уберёг отца нации. Жахнуло тогда капитально. У Дудя люстру с крюка сорвало, ещё бабусина люстра, богемская. Весь пол как в бриллиантах был. Взрывной волной тогда всю округу в щебёнку разметало — аж до Курского вокзала. Весь их элитный новострой на бульварах — в прах. А наша коммуналка устояла, да и сейчас стоит. Вот как строить надо! И Яузская больница цела-невредима стоит. Триста лет больнице — как новенькая. Жаль, вот парк на дрова пустили, эх, какие тут дубы и липы росли!

Экзекутор махнул ладонью, послав салют каменным львам у входа. Хищники не ответили на привет, они крепко спали, как и положено кошкам в знойный августовский полдень. Дорога нырнула и пошла под горку. Впереди блеснул изгиб Яузы. Дудь не поспевал за своими ногами, он рассмеялся в голос и вдруг громко, на всю улицу, произнёс:

Как это мило, ноги есть и мы идём,
Туда, где ждут, а иногда, не ждёт никто,
И как же вкусно целоваться под дождём,
Не замечая мокрое пальто.

На той стороне Радищевской две бабы деревенского вида, в тугих вдовьих платках, шарахнулись и юркнули в переулок. Экзекутор зычно захохотал им вслед.

— Я сыр доел, откройте мышеловку! — гаркнул он и неожиданно даже для самого себя вдруг громко прокукарекал.

Дудь вспотел. Ему было душно, жарко, тесно. Он рывком распахнул китель, медные пуговицы весело зацокали по асфальту, разлетелись, как карманная мелочь. Армейское сукно воняло мокрой псиной. Вывернув китель наизнанку, Дудь пытался выпутаться из рукавов. Но китель не сдавался. Кисти рук намертво застряли в манжетах.

— Подлец! Каналья! — рычал экзекутор. — Порождение гиены!

На Астаховом мосту китель сдался. Дудь хищно скомкал его и швырнул в Яузу.

— Любовь твоя бесчувственна как мыло! — заорал экзекутор, перегнувшись через чугунный парапет.

Река смолчала. Неподвижная вода напоминала застывший вар.

— Мечтаешь о вдовце, чтоб снова стать вдовою! — Дудь смачно плюнул вниз.

Его распирало буйное веселье, злой азарт безнаказанности. Он был в кураже! Да, я сорвался с цепи, да, я летящий болид. Скорость звука — чушь! Я несусь со скоростью света!

— Эй вы, крокодилы! Не подходи! Могу взорваться!

В горячечном задоре экзекутор чуть было не сиганул с моста, изнутри его разрывало жгучее желание выкинуть ещё какой-то фортель. Он стянул сапоги, один за другим швырнул их в Яузу. Следом полетели галифе с подтяжками. Исподнюю рубаху стянул через голову, следом снял трусы, всё скомкал и швырнул вниз.

Дудь шагал по Солянке. Его большое тело было по-бабьи гладким и розовым. Он размахивал руками, иногда пританцовывал, звонко шлёпая босыми пятками по асфальту. Он пел, иногда что-выкрикивал и снова пел. Редкие прохожие, завидя голого человека, бежали прочь.

Он свернул в арку. В прохладном гулком полумраке Дудь остановился и рявкнул:

— Вы мне любовью уши оттоптали!

Дверь подъезда грохнула пушкой. По ледяным ступенькам экзекутор пронёсся на третий этаж. Запасной ключ притаился за щитком мёртвого электросчётчика. Из квартиры пахнуло старьём, шерстяным тленом, бережливой нищетой — ну не смог Дудь выкинуть бабусины вещи — не смог!

В гостиной он распахнул настежь окно, вскарабкался на подоконник. Голуби с карниза кубарем сорвались вниз, после взмыли в синь. В зыбкой дымке, где-то в Замоскворечье, блеснул искрой купол церкви. Женщина на той стороне улицы подняла голову и застыла. Дудь выпрямился, развёл руки в стороны и глубоко вдохнул.

Как получается печаль? Из мелких капелек кручины,
С причиной, или без причины, так получается печаль.
Как получается полёт? Путём отрыва от чего-то,
И веры в крылья самолёта, так получается полёт.

Внизу собиралась толпа. Появился участковый. Должно быть, он вызвал патруль.

Как на душе растёт мозоль? Всему, что на душу
ложится –
Ты, запрещаешь шевелиться. Так получается мозоль.

Начали ломиться в дверь. Колотили, пинали, ругались — эхо ухало, металось вверх и вниз по лестничным пролётам. Дверь, стальную, с сейфовым замком, ставили в прошлом веке; с гарантией, — говорила бабуся, — такую только танком можно взять.

Толпа росла. Зеваки запрудили тротуар и мостовую. Жандармский ротмистр, сложив руки рупором, требовал прекратить противоправную деятельность и немедленно сдаться. Дудь хохотал в ответ.

Как получается тюрьма? Когда себе не разрешаешь
Свободно жить, дышать мешаешь, так получается
тюрьма.

Прибежали пожарные. Они волокли лестницы, крючья, мотки каната. Горнист протрубил отрывистый сигнал, толпа колыхнулась и подалась назад. Дудь ступил на карниз, босую ногу обожгла раскалённая жесть. Держась одной рукой за раму, он высунулся из окна и увидел, как пожарники сноровисто начали карабкаться по фасаду дома, по водосточным трубам. Как муравьи, — подумал Дудь и крикнул вниз:

— На абордаж, канальи!

Из толпы кто-то гаркнул:

— А прыгнуть слабо!

Другой голос поддержал:

— Давай, прыгай!

Несколько голосов, а после и вся толпа, хором орала:

— Пры-гай! Пры-гай! Пры-гай!

Дудь пытался говорить, но рёв толпы заглушал слова. Он жестами просил тишины, но люди орали только громче. Он устало махнул рукой, теперь он просто стоял, смотрел вниз и улыбался.

Азарт выдохся. Кураж сошёл на нет. Навалилась смертельная усталость, но не тёмная и тяжкая, а благодатная, как после ладно и на совесть сделанной работы.

Толпа внизу, искалеченный, почти мёртвый, город, — какая, в сущности, нелепость эта жизнь, какая обуза. Всего лишь шаг и...

Он закрыл глаза и увидел своё сломанное тело на асфальте, нежно розовое на грубо сером, алая клякса вытекает из-под головы.

— Нет, не так... — он спрыгнул на пол. — Грубо! Грязно! Они же именно этого и ждут.

Дудь выскочил из комнаты, распахнул кладовку. Посыпались коробки, узлы с тряпьём, грохнулась лысая швабра. В фибровом чемодане, на крышке ещё сохранилась аккуратная надпись «Федя Дудь, третий отряд», среди старых игрушек, цветных стёклышек, забавных камушков, значков и прочего хлама, он нашёл то, что искал: толстую верёвку с петлёй.

Дудь вернулся в комнату. Он поднял голову, из лепного узора на потолке торчал крюк.

— Ах, какая люстра была... Богемский хрусталь.

Круглый обеденный стол был накрыт мягкой скатертью с золотыми кистями. Он стоял посередине гостиной. С улицы долетал крики толпы, резкие команды пожарного сержанта. Дудь накинул петлю на шею, подтянул узел, совсем как на галстуке. После двумя руками взял стул и бережно, чтоб не поцарапать лак под скатертью, поставил стул в центр стола.

Вермонт 2023

ВИСТА БЕЛЛА

Рассказ

Тихие — они самые опасные. Так сказали мне, когда брали на работу. Почему — спросил я. Лично мне наоборот нравится тишина, а вот шум я ненавижу. Не выношу любой шум, так что шумные мне лично гораздо противней. Ещё я ненавижу яблоки, особенно красные. Но это к делу не относится.

Ладно, сказали они, просто будь начеку.

Начеку? Что ты, дура, знаешь про «быть начеку»? Я всегда начеку, даже когда сплю! Дура!

Ничего этого, разумеется, мной произнесено не было. Мне нужна была работа. Меня спросили насчёт ночных смен. И ещё — могу ли я успокоить человека. Уточните, — не понял я. Она: пациент может нервничать и его необходимо успокоить. Физически.

Физически?

Да, применить силу.

Это можно, — уклончиво согласился я. По личному опыту степень физического успокоения человека может мыть от подзатыльника до контрольного выстрела в голову. Об этой градации тоже не стоило говорить тут. Повторяю, мне нужна работа.

1

Я ненавижу шум. Слишком много шума было в Малешках. Поэтому я люблю, когда тихо. Катька сказала — ты всё время молчишь. Ты ничего не рассказываешь. Ты стал такой тихий.

— Что рассказывать? Как было в Малешках?

— Что такое Малешки?

— Понятия не имею. Но я там был.

Когда Катька сердится, она повышает голос. Я ей говорю — не повышай голос. Я не повышаю, — орёт она в ответ. Тебя вечно нет! Что это за работа — три ночи в неделю? Три ночи в неделю тебя нет дома! Неужели другой работы нет? Сторож в психушке!

— Дежурный ночных смен, — спокойно возражаю я. Не повышая голос.

— А когда ты тут, тебя всё равно что нет. Сидишь и молчишь! Что ты есть, что тебя нет!

Тут она права, тут мне нечем крыть, и я не спорю. Меня нет — иногда мне кажется, что этот вариант был бы наилучшим. Прошлым мартом мы расписались, было бы глупо потерять контрактные. Я отдал деньги Катьке, она пришла меня провожать в новом красном платье — сказала, итальянское. Красивое платье, только яркое очень. Сейчас, когда она его надевает, у меня начинает шуметь в ушах. Шуметь и звенеть — такой невыносимо громкий цвет.

— Цвет не может быть громким. Он просто красный.

Не спорю. Молчу. А сам думаю: вот поэтому, милая, меня и нет дома три ночи в неделю. Я там. Там тихо. Почти всегда. А если кто-то нервничает и начинает шуметь, я успокаиваю. Когда меня брали на работу, они не спросили, есть ли у меня специальная тренировка. Конечно, есть.

Даже если в анкете не написано, я всегда могу определить по человеку. Это ж видно.

— Да? — Катька уже рычит. — Или нет?

Я прослушал, пропустил вопрос. Теперь лучше просто молчать. Не буду же переспрашивать, когда она в таком состоянии.

— Да или нет? — кричит она мне в лицо.

В принципе, я считаю, что любое «да» должно быть железобетонным, на все сто нужно верить в своё «да». Сказал — как отрубил. Я снял с крючка свою куртку и вышел из квартиры. Дверью даже не хлопнул, тихо прикрыл. Замок щёлкнул, как автоматный затвор. На улице было темно и сыро. Я натянул куртку и застегнул молнию до горла. На улице было холодно.

Тихие — самые опасные? Чушь. Да и буйные тоже не проблема. Я редко применяю силу, они хоть и психи, но явно чуют, на что я способен. Впрочем, у нас в Черкизовской всё культурно, никого психами не называют — упаси господь, никаких сумасшедших или шизиков, только пациенты. Да и больница — не дурдом, а клиника по реабилитации. Клиника, мать твою... с тюремными решётками на окнах.

Катька мне говорит — тебе в храм надо — исповедаться и покаяться. Отец Алексей, говорит, такой замечательный. Видел я, как этот замечательный на вдов пялится. Пошёл как-то с Катькой, а там церковь битком бабьём набита. И поп этот, что твой султан в гареме. И глазки масляные так и бегают. Исповедаться и покаяться — кому? Батюшке? Отцу Алексею? Мне моего родного батяни позарез хватило.

Я не против религии или церкви, сам иногда захожу в нашу. Они ж не могут тебя выгнать, правильно? Когда там нет службы и людей мало в храме очень даже прекрасно.

Тихо. Воском пахнет. Деревянный Иисус в натуральную величину на кресте висит. В темноте лампадки горят и все шёпотом разговаривают. Можно исповедаться и получить отпущение грехов. Тоже шёпотом. Как к этим попам обращаться — товарищ священник? Ваше преосвященство? Святой отец? Батюшка Алексей, разрешите исповедаться и получить отпущение грехов?

— Разрешаю, сын мой! В чём грешен?

— Грех убийства, ваша светлость, на мне.

— Тяжкий грех, сын мой.

— Но я был в армии. В другой стране. И почти год назад.

— Ну это другое дело. Грех отпускаю — ступах с миром, сын мой.

— Можно вопрос, товарищ поп?

— Спрашивай, раю божий.

— А вы всех вдовиц ебёте или только которые помоложе?

— Всех, сын мой! Это ж мои овцы, а я их пастырь.

Прохожу как раз мимо церкви, там поют. Можно подумать, ангелы — нежно и сладко, точно ты уже в рай попал. На деле — старухи в тугих платках. Я проверял. Да и с остальным в жизни точно такая же петрушка. Проверял тоже.

2

Поначалу ничего необычно я и не заметил. Они часто над нами летали, шли на посадку. До аэропорта километров десять там, может, пятнадцать. Мы стояли глубоко в тылу, зэки латали мост, был там и стройбат, и горлохваты из вохра. Машин нагнали прорву — бульдозеры, экскаваторы, грузовики туда-сюда шныряют. Наша братва держала периметр, на том берегу выставили две «Осы», на нашем вкопали «Тунгуску». Обход по периметру делали нарядами по парам, три часа один круг. «Кусок» объезжал периметр дважды в день на «мотолыге». Было тихо, жаркий август, рядом лесок, речка течёт — почти курорт. Глубокий тыл, говорю.

— Гляди, Фролов, — Лютый ткнул стволом «ксюхи» в небо, — летят, сучки. Это чё, ан или тушка?

Вроде пассажирский «ан», я с родителями на таком, только старой модели, летал в Сочи, верней, до Адлера, а оттуда уже на такси. Батя любил проснуться рано, будил меня, и мы бежали на пляж у «Приморской» пока ещё все спят. Мы бежали аллеями через парк — тёмный и пустой. Шире шаг, пехота! — кричал мне отец. Пахло магнолиями. Всё от росы было мокро, листья, скамейки, пятнистые стволы платанов, на мокрой дорожке валялись шишки кипарисов, похожие на лилипутские футбольные мячики. В просвете деревьев появлялось море, каждый раз как чудо. Мы бежали на пирс, батя гнал уже во все лопатки, на конце волнореза он застывал на миг, взмахивал руками, точно собирался взлететь, пружинисто отталкивался и нырял. Через минуту его голова показывалась где-то вдали, у самых буйков. Я не решался нырять головой и поэтому прыгал в воду «солдатиком». Батя был майором и считал, что лучше службы в армии ничего на свете быть не может.

— Щас бы по нему из «Тунгуски» жахнуть, — Лютый вскинул автомат, — Шарах! И в клочья!

Лютому даже кличку не нужно придумывать — с такой-то фамилией. Думаю, он в жизни не летал на самолёте. Я б не удивился, узнав, что он не умеет читать. Лютый шёл чуть впереди, мы спускались с холма, дальше периметр шёл через лесок, на той неделе Гуня из второго набрал там опят, от которых всё отделение чуть не передохло. Опята в августе — грибник, твою мать.

— Фрол! — заорал Лютый, задрав голову. — Гляди!

«Ан» был прямо над нами, но Лютый тыкал в другую сторону. Сперва я увидел инверсионный след, а после и саму ракету. Её траектория лежала по курсу самолёта. Ракета быстро приближалась.

— Это ж с нашей...

Ощущение было странным, будто во сне. За секунду я успел представить салон и удобные кресла, холодный кондиционированный воздух, пилот только что объявил о времени приземления, стюардессы собирают подносы, а пассажиры уже пристегнулись и планируют, как будут добираться в город из аэропорта.

— Нет... — я инстинктивно поднял автомат, стараясь преградить путь ракете.

Огненный шар, ярче солнца, полыхнул и погас и только потом долетел гром взрыва. «Ан» дёрнулся, будто споткнулся, потом начал заваливаться на бок. В брюхе чернела дыра, оттуда показалось пламя, повалил жирный чёрный дым.

— Люди... — пробормотал Лютый, — падают...

Из рваной прорехи в фюзеляже полетел то ли мусор, то ли обломки — куски чего-то тёмного, но после я разглядел руки и ноги. Внезапно «ан» переломился пополам, мне показалось, что хвостовая часть падает прямо нас, но она спикировала и рухнула где-то за лесом километрах в трёх.

Мы рванули туда.

Высокая трава путалась в ногах, «ксюха» колотила по спине, я перекинул автомат на грудь. Лютый бежал впереди, он изредка оглядывался и коротко матерился с каким-то восторженным испугом.

Первое тело лежало на боку, руки прижаты к бёдрам, правое плечо ушло в землю, в двух шагах валялись очки. Лютый подбежал, присел на корточки, развернул тело. Это была пожилая женщина учительского типа с седой стрижкой, глаза широко раскрыты. Седина отливала голубым. Я зачем-то подобрал очки. Их дужки были ещё тёплыми.

— Я думал с такой высоты всмятку, — Лютый вырвал серьги из её ушей. — Как арбуз...

Другое тело оказалось мужским, оно упало в куст малинника, подбегая я не понял, это ягоды или брызги крови на листьях. В хорошем костюме со стальным отливом, видать, дорогой был костюм, рукава пиджака были надорваны, точно кто-то пытался их вырвать. Я перевернул тело, колючки малинника царапали руки. Лысый, нос на лице был вдавлен в череп, но крови не было. Лютый тянул труп за руку, пытаясь снять перстень с мизинца. Я сунул руку во внутренний карман пиджака и достал бумажник. Тугой, с золотой застёжкой, внутри была фотография каких-то детей под мутным пластиком, водительские права и толстая пачка денег — стодолларовые купюры были совсем новыми, от них пахло машинным маслом.

— Барыш по чесноку, Фрол, — Лютый пыхтел, расстёгивая браслет часов. — Бимары-то — рыжуха! Во масть попёрла!

— Ты знаешь, кто это? — я прочитал фамилию на карточке водительских прав.

— Без понятия.

— Это Кулемеков.

— Ни хера себе! Это с Москвы который?

3

Я сунул пачку денег в карман. Закрыл бумажник и застегнул на кнопку. Одновременно две мысли, нет — три, возникли в голове: в пачке должно быть не меньше тридцати тысяч — это раз. Кулемекова сбили наши — два.

— Лютый, отсюда валить нужно! — это была третья мысль. — Срочно!

— Погоди, братан... — Лютый выхватил у меня бумажник, впихнул в свой подсумок. — Такой фарт!

На ходу он сорвал крупную малинину и сунул в рот, вскочил и кинулся в сторону леса. Я побежал следом. Опушка была усеяна каким-то белым мусором, точно свора собак драла тут журнал или газету. Из растерзанного чемодана торчали разноцветные тряпки, под ногой что-то хрустнуло — женская сумка. Я раскрыл и вывалил содержимое на траву. Помада, пачка жевательной резинки, мелочь и несколько мятых купюр, презерватив в фольге, зажигалка. Я сунул зажигалку в карман и увидел женскую фигуру. Она стояла метрах в пятнадцати, согнувшись, точно пыталась что-то отыскать в траве. Земля там была мягкой, рядом тёк ручей. Тело вошло в грунт по колени. Она падала вертикально — «солдатиком». От удара её лицо как бы сползло с черепа, самым страшным были глаза. Нитка её бус лопнула от удара и жемчужины валялись в грязи. Зачем-то я начал собирать эти бусины, грязь чавкала, я старался не смотреть ей в лицо, но каждый раз натыкался на жуткие глаза.

Коллекция моих ночных кошмаров весьма богата: я видел, как зэки из «Вагнеров» отрезали своему голову, отрезали обычным кухонным ножом. На моих глазах живьём сожгли старуху и её внука. Я видел трупы, раскатанные танками, целое отделение салаг впрессованное в жирную коричневую глину. Кровь, смерть и грязь перестают пугать — к ним человек привыкает просто. Но вот, что действительно страшно — это люди. На что они способны.

Труп стюардессы лежал на пригорке. Тугое платье морковного цвета задралось, босые розовые ноги, прямые и длинные, были разведены в стороны, точно она собиралась делать упражнение для укрепления пресса. Лютый, по-звериному, на карачках суетился вокруг тела. Вырвал серьги, пытался снять цепочку, она запуталась в волосах. Оборвал, запихнул всё в подсумок.

— Ты что? — крикнул я, подбегая. — Совсем сдурел?

— Краля какая! — Лютый оглянулся, он стягивал с трупа трусы.

Не стягивал — рвал, материя трещала. Отбросил тряпку в сторону.

— Она же мёртвая! — заорал я.

— Нормалёк! Ещё тёплая!

Лютый, стоя на коленях, расстегнул ремень и быстро спустил штаны. Я хотел что-то сказать, но издал лишь какое-то блеяние. Лютый подался вперёд, его зад, тощий и бледный, начал рывками дёргаться. Ноги стюардессы дёргались в такт. У неё был маленький размер ноги, почти детский, а ногти аккуратно покрашены рыжим лаком — в цвет униформы. Из-за леса вставал столб серого дыма. Туда упала носовая часть самолёта. Где-то уныло выла сирена, снова и снова. Я снял с плеча автомат, перевёл предохранитель на одиночный огонь и сделал три выстрела в спину Лютому. Под левую лопатку, где у людей обычно бывает сердце.

Сирены стали громче. Я уже бежал через лес. Послышался треск вертолёта, он тоже приближался. Лес редел, за деревьями показались ряды яблонь, оттуда поднимался густой дым. Сирены теперь выли не переставая, точно тут решили собрать всех пожарников на свете. Я выскочил на опушку, над макушками яблонь из клубов дыма торчало крыло самолёта, вдали темнели деревенские крыши с кирпичными трубами и кривыми антеннами.

«К самолёту не подходить!» — прогремел голос сверху. — «Всем отойти от самолёта!»

Я задрал голову и увидел вертолёт. Это был «Аллигатор», совсем новой модели, такие показывали только на параде.

«Очистить зону катастрофы! Всем немедленно очистить зону! Виновные будут арестованы!»

Место крушения напоминало огромную горящую помойку. Вокруг сновали гражданские, явно из местных. Тощий дед в шинели тыкал длинным дрыном в ворох чадящего тряпья. Драный пёс вертелся рядом и угрюмо тявкал. Белобрысый пацан в солдатских сапогах волок здоровенный чемодан. Две крепких бабки тащили вырванное с мясом самолётное кресло в синей обшивке, кресло ещё дымилось. Среди обломков лежали мёртвые тела, но на трупы никто внимания не обращал. Вертолётный винт поднимал с земли мелкий мусор, трепал ветки яблонь, закручивал клочья дыма в смерчи.

«Очистить зону катастрофы! Немедленно очистить зону!»

Вертолёт не мог тут приземлиться из-за яблонь, пилот зависал, после делал круг, возвращался и зависал снова. Голос гремел, динамики трещали от перегрузки. Местные уже не обращали внимания ни на голос, ни на вертолёт. Я наступил на что-то мягкое, это был портфель. Я наклонился и в этот момент услышал очередь. Били из крупнокалиберного пулемёта. Тут же раздались крики, визг. Деревенские бросились врассыпную. Я упал в траву, отполз за ствол яблони — через полгода такие действия уже совершаются инстинктивно. Вертолёт сделал круг, снизился, пулемёт заколотил снова. Я думал, что они просто пугают, но с вертолёта били по людям. Местные бежали к домам, оттуда послышался вой сирены и короткие автоматные очереди.

Ползти было сложно из-за яблок. Трава была усеяна крупными красными яблоками, яблоки врезались в живот, в пах, я их давил коленями и локтями. Я знал название этого сорта — Виста-Бэлла, у нас на даче росла такая яблоня. Зреют яблоки эти к концу лета, но мы с Колькой обдирали всё ещё в июле. Кислющие, блин, до оскомины.

Вертолёт теперь кружил над деревней, они больше не говорили, только стреляли. Сад примыкал к лесу. Перебежками от яблони к яблоне я добрался до опушки. Нырнул в лес. За сосной наткнулся на мальчишку, я его видел там — тот самый, что тащил чемодан. Чемодана с ним не было, не было и сапог. Босой и грязный, он сидел сгорбившись, как маленький зверь.

— Беги отсюда! — я дёрнул его за рукав. — Беги!

Он вытаращил на меня глаза.

— Беги! — гаркнул я.

Мальчишка вздрогнул, точно проснулся.

— Это ж наши, — тихо проговорил он и повторил. — Это ж наши?

— Наши-наши! Ты не ранен?

— Бабусю там... — он шмыгнул носом. — Я видел...

— Парень, не сиди тут! — я хлёстко шлёпнул его по щеке. — Они будут прочёсывать, понимаешь?

Он отрицательно мотнул головой.

— Пристрелят! — крикнул я. — Найдут и пристрелят.

— Зачем?

Со стороны деревни слышались выстрелы. Одиночные, иногда короткой очередью. Шла зачистка. Я никогда не принимал участия, но, конечно, слышал про такое.

— Зачем? — повторил парень.

— Тебя как звать?

— Витёк.

— А деревня как называется?

— Малешки...

Я взял его за тощие плечи, тряхнул.

— Витёк! Запомни — ты никогда не видел этого самолёта. Ты никогда не был в Малешках. Ты ничего не знаешь вообще! Понял?

4

Конец октября. Воскресным утром в Москве пусто, светло, тополя стоят серые и голые, на бульварах листья шуршат под ногами, от тополиной листвы сладко тянет брагой, запах мешается с городской гарью и почему-то напоминает кладбищенский дух. Почему от запаха такого мне становится муторно и пакостно на душе — это же всего лишь запах?

Катька уверена, что она спасла мне жизнь. Я не спорю — молчу. Тогда Катька каждый день ходила в храм, ставила свечки у иконы Богородицы «Взыскание погибших», читала специальную молитву у ног распятого Христа. У них там в церкви на стене висит Иисус в натуральную величину, он вырезан из дерева и покрашен розовой краской, из ран стекают капельки красной крови — не очень реалистично, замечу мимоходом, но зато гвозди, вбитые в руки и ноги самые настоящие, — здоровенные железные костыли, какими прибивают рельсы к шпалам. Намертво приколотили Христа в нашей церкви.

Катька и после моего возвращения продолжала читать эту молитву перед сном. Я лежал в кровати, она стояла на коленях в углу и бубнила: Господи, сохрани моего воина силою Честного и Животворящего Креста Твоего под кровом Твоим святым от летящей пули, стрелы, меча, огня, от смертоносной раны, водного потопления и напрасной смерти. Господи, огради его от всяких видимых и невидимых врагов, от всякой беды, зол, несчастий, предательства и плена.

Не хочу обижать Иисуса, но чудо моего спасения я бы записал всё-таки на счёт Бенджамина Франклина, чей портрет нарисован на стодолларовых купюрах. Вот где сила чудотворная! Из полевой лечебки меня мигом перекинули в Подольск. Три недели пролежал в психиатрии и был комиссован. Категория «В» ограничено годен, статья — 18Б. Всем спасибо!

Да, и ещё: Кулемекова похоронили на Новодевичьем с воинскими почестями. Посмертно наградили звездой героя. Проводившая расследование комиссия установила, что авиационное происшествие произошло в результате «несимметричной потери несущих свойств крыла самолёта на этапе выполнения посадки».

***

Я ненавижу шум. Я не люблю красных яблок. Больше всего на свете я боюсь, что у меня будут дети. Что у нас родится сын.

Катька никогда не видела своего отца, знала только имя — Иван. Екатерина Иванна — простовато, но ничего. Ивановна — так получше. У нас в Черкизовской главную ординаторшу зовут Валентина Викентьевна — во как! Катька выросла без отца. Понятно, факт этот не прошёл бесследно. Теперь вот и мне приходится отдуваться за Ивана тоже.

Я рос с отцом. Он был майором, вышел в отставку и через месяц умер от сердечного приступа прямо в ванне. Думаю, его сердце не вынесло разлуки с армией. Иногда я думаю, проживи отец подольше, он бы смог предупредить меня, что армейская служба запросто может привести тебя в Малешки. Что рано или поздно ты окажешься там.

Когда Катька сообщила, что беременна, я встал на колени и начал молить её, чтобы она родила девочку. Катька рассмеялась и сказала, что она постарается. Сильно постарается.

Вермонт, октябрь, 2023 ©